나
성
에 가
면

나성에 가면

© 김완중

1판 1쇄 | 2021년 2월 8일

지은이 | 김완중

펴낸이 | 강민철

펴낸곳 | ㈜컬처플러스

편 집 | 강민철

디자인 | 고혜란

홍 보 | 강지석

출판등록 | 2003년 7월 12일 제2-3811호

ISBN | 979-11-85848-13-6 (03810)

주소 | 03170 서울시 종로구 새문안로5가길 28, 619호 (광화문플래티넘)

전화번호 | 02-2272-5835

전자메일 | cultureplus@hanmail.net

홈페이지 | http://www.cultureplus.com

나성에 가면

김완중 지음

컬처플러스

프롤로그

해외 한인들을 생각하며

우리는 누구나 역사의 아이러니 속에서 살아갑니다. 750만 해외 한인은 두말할 나위가 없습니다.

2017년 말, LA 총영사라는 과분한 중책의 자리에 임명을 받고 저는 작은 다짐 하나를 하였습니다.

부임 첫날부터 귀임하는 날까지 영사일지를 작성하기로 한 것이었습니다. 외교 현장에서 목격한 왜곡된 현실과 영사로서의 절실한 고민이 그 자리에서 순간으로 그쳐서는 안 된다는 생각 때문이었습니다.

30년 전 외교부에 입부해 처음 담당했던 업무는 한일 과거사 문제로 평생 저의 뇌리에 역사적 죄인 의식을 각인시켰고 배턴 넘기기 외에는 아무런 실질적인 해법도 제시할 수 없는 한계 국가의 아픈 기억으로 남았습니다.

광복 후에도 반세기가 넘도록 조국의 품에 돌아오지 못한 사할린 한인과 시베리아와 중앙아시아 각지에 강제 이주된 고려인의 한과 슬픔, 일본군 위안부 피해자 할머니들의 명예회복과 재일한국인 원폭 피해자 구제 문제, 태평양전쟁 조선인 유골 봉환 문제는 빙산의 일각에 불과했습니다.

수많은 영사 현안이 역사의 톱니바퀴에 할퀴어 수면 아래로 가라앉았고 국가로서 제대로 된 기록 한 장도 부재했습니다.

LA에 부임해서도 똑같은 역사의 현실에 맞부닥뜨렸습니다. 1세기 전에 하와이 사탕수수 농장을 거쳐 캘리포니아로 건너온 초기 미주 한인 후손과 1·4 후퇴 때 부산과 거제도를 거쳐 미국에 이르기까지 타향살이를 전전한 피난민 이야기가 그랬고, 미국 시민권을 받지 못한 채 입양된 조국 미국에서조차 버림받은 한인 입양인, 현지 교도소에 수감되거나 길거리에서 고통받는 한인 노숙자도 마찬가지였습니다.

영사로서 봉급을 받고 해외에 파견되어 있으면서도 그들이 실제로 필요로 하는 영사 조력을 제공할 수 없는 미안함과 죄스러움은 늘 저를 옥죄어 왔습니다. 그러던 중 아흔이 넘은 일본계 미군 참전자 로버트 와다 씨를 만나면서 이러한 죄스러움이 순간

용기로 번뜩였습니다.

와다 씨는 1952년 초 죽마고우를 설득해 해병으로 한국전에 참전하신 분이었습니다. 그런데 운명의 장난이었을까?

불과 6개월도 안 돼서 유치원 때부터 함께 지내오던 유일한 친구 마드리드를 중부 전선에서 잃게 되고, 그로부터 2주 뒤에는 캘리포니아에 홀로 두고 온 아내 조가 만 19세의 꽃다운 나이에 출산 도중 하늘나라로 떠났다는 비보를 접하게 됩니다.

반세기가 지난 90년대 후반이 되어서야 와다 씨는 『강제수용에서 한국으로, 그리고 고독으로』라는 회고록을 쓰기로 결심합니다. 살아 돌아온 누군가는 그들 삶의 기록을 전하는 사명을 수행해야 했고 비로소 신의 뜻을 완수했다는 위안감이 찾아왔다고 술회했습니다.

와다 씨 같은 분도 있는데 여기서 멈춰서는 안 된다는 생각에 단순한 일지가 아니라 적어도 LA에서만이라도 질곡의 역사에서 비롯된 영사 현안을 하나씩 정리해나가기로 마음먹었습니다.

광복을 위해 헌신한 미주지역 애국지사와 가족들이 고국에 봄은 왔건만 끝내 고국 땅을 밟는 영광이 허락되지 않았던 사연과 중증 뇌성마비 입양인 '안젤라 베넷' 씨와의 만남도 그중 하나였습니다.

입양인 시민권법 지지 결의안 로비를 위해 애리조나 주의회를 방문한 계기로 가진 한인 입양인 오찬 간담회에서 그녀로부터 "왜 한국 유학생들은 반갑게 인사를 건네도 하나같이 모른 척 지나쳐버리나요?"라는 뜻밖의 질문을 받고 저는 순간 당황해 "아마도 그 아이들은 한국에서 부모를 잘 만나 미국에 유학까지 와서 자네를 보면 미안해서 그럴 거야"라고 얼버무리고 말았습니다.

그 뒤로는 영사일지가 점차 영사로서 직무 수행에 대한 반성문으로 바뀌어 갔습니다.

외교 현장에서 목격했던 그들의 진솔한 삶에 대한 기록을 어제가 아닌 오늘로 전하는 사명이 저에게 주어진 책무이고 그 길만이 영사로서 죄스러움에서 자유로워질 수 있는 유일한 길이라고도 느꼈습니다.

한반도의 지정학적 요인과 질곡의 근현대사로 인해 2차 대전 종전까지 2천만 인구의 1/5인 400만 명에 달하는 조선 사람들이 강제징용 또는 혹독한 삶의 현실을 견디다 못해 나라를 떠나야 했고, 이제 750만 해외 한인은 거주국에 따라 국적과 이름은 다를지언정 '씨를 뿌린다'라는 본래 디아스포라의 의미처럼 세계 속에 흩어져 살고 있습니다.

식민지 역사와 동족상잔의 전쟁이 아니었다면 이러한 역사의 아이러니도 없었을 것입니다.

도산은 1세기 전 부인 이혜련 여사에게 보낸 편지에서 이렇게 고백했습니다.

"세상이 나를 다 웃고 처자가 원망하더라도 내가 붙잡은 일을 차마 버릴 수 없소이다"

구국광복이라는 역사의 도전 앞에 온몸으로 맞선 도산 정신은 한반도 안이냐 밖이냐를 구별하지 않았습니다. 750만 해외 한인이 조국 대한민국의 똑같은 주인공인 이유입니다.

평생 영사로서 역사적 죄인의식 속에서 살아온 저의 반성문이 조국 대한민국의 포용적 재외동포 정책에 작은 물결이 되길 소망합니다. 2020년 5월 몸은 LA를 떠나왔지만, 여전히 마음의 짐은 LA를 떠날 수 없었습니다.

이제야 비로소 80만 LA 동포 한 분 한 분께 고개 숙여 감사와 작별 인사를 드릴 수 있게 되었습니다.

더불어 이 글은 LA 총영사관이 소책자 형태로 발간한 『LA 바로 알기』가 영감이 되었음을 밝혀둡니다.

그 과정에서 많은 지원을 해준 류학석 동포영사, 박신영 교육영사를 비롯한 LA 총영사관 모든 직원, 자료 사진을 협조해주신 독립기념관 김영임 부장님과 관계자 여러분께 이 자리를 빌어서 감사의 마음을 전합니다.

끝으로 보잘것없는 원고를 흔쾌히 한 권의 책으로 펴내주신 강민철 컬처플러스 대표와 디자인팀·제작진에게도 고마움을 전합니다.

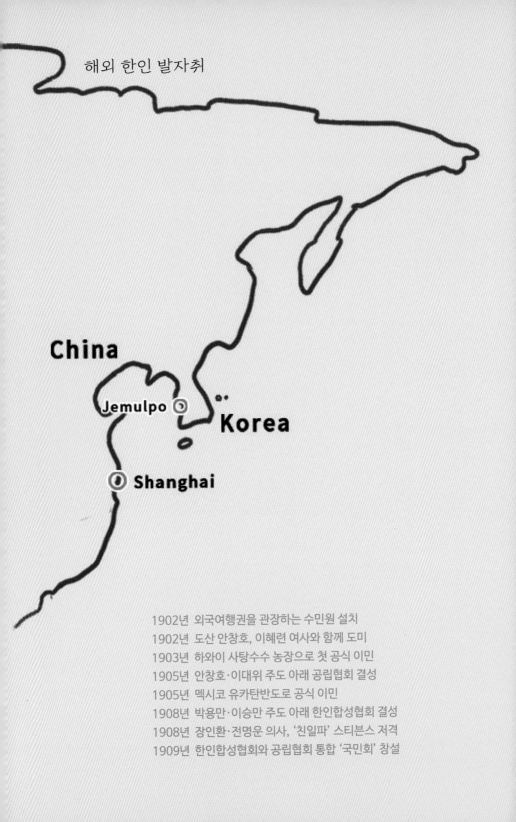

해외 한인 발자취

China

Jemulpo ⓐ

Korea

ⓐ Shanghai

1902년 외국여행권을 관장하는 수민원 설치
1902년 도산 안창호, 이혜련 여사와 함께 도미
1903년 하와이 사탕수수 농장으로 첫 공식 이민
1905년 안창호·이대위 주도 아래 공립협회 결성
1905년 멕시코 유카탄반도로 공식 이민
1908년 박용만·이승만 주도 아래 한인합성협회 결성
1908년 장인환·전명운 의사, '친일파' 스티븐스 저격
1909년 한인합성협회와 공립협회 통합 '국민회' 창설

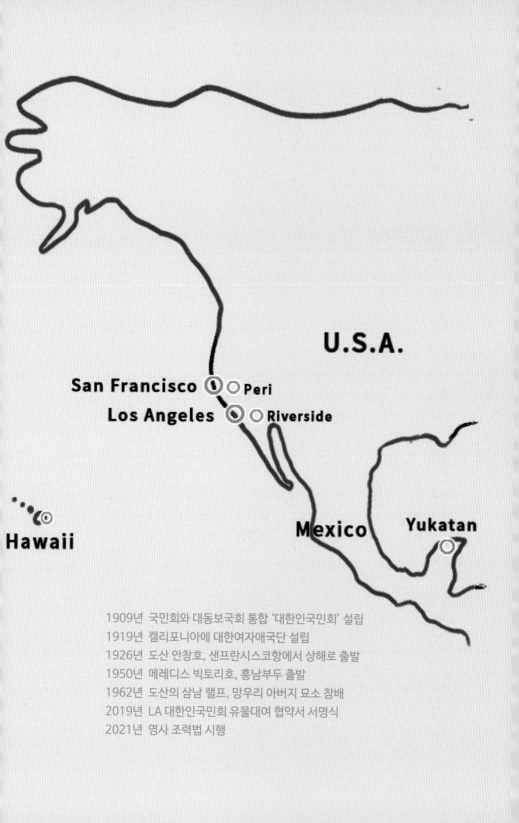

U.S.A.

San Francisco ○ ○ Peri
Los Angeles ◉ ○ Riverside

Hawaii

Mexico   Yukatan

1909년 국민회와 대동보국회 통합 '대한인국민회' 설립
1919년 캘리포니아에 대한여자애국단 설립
1926년 도산 안창호, 샌프란시스코항에서 상해로 출발
1950년 메레디스 빅토리호, 흥남부두 출발
1962년 도산의 삼남 랠프, 망우리 아버지 묘소 참배
2019년 LA 대한인국민회 유물대여 협약서 서명식
2021년 영사 조력법 시행

차례

뿌리와 존재

캘리포니아에서 만난 도산

역사의 아이러니

총영사의 무게

한계 국가

"스스로 한인이라는 생각을 하면서 살아본 기억도 물론 없습니다. 생물학적 부모가 한국인이라는 것이 저에게 어떤 의미가 있었을 리 없었지요. 그러나 지금은 다릅니다"

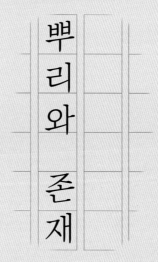

뿌리와 존재

한인으로 산다는 것

"저에게 한인이란 어떻게든 살아남는 것입니다"

세 살 때 미국에 온 한인 입양인의 한 마디가 전광석화처럼 뇌리를 파고들었다. 재외동포재단 지원으로 총영사 관저에서 열린 입양인 네트워크 행사에서였다.

해외동포에게 한인이란 무엇일까?

영사로서 해외를 전전하면서 품어왔던 물음이 순간 무색하게 느껴졌다.

그는 말을 이어갔다.

"삶의 의미에 회의감을 가졌던 청소년기에는 하루에도 몇 번씩 창틀 위로 올라가 뛰어내리고 싶은 충동을 느꼈지요. 스스로 한 인이라는 생각을 하면서 살아본 기억도 물론 없습니다. 생물학적 부모가 한국인이라는 것이 저에게 어떤 의미가 있었을 리 없었지요. 그러나 지금은 다릅니다. 수년 전 한국에서 쌍둥이 동생을 만나게 된 이후에는 생각이 180도 바뀌었습니다. 병약한 동생을 살리기 위해 건강한 저를 미국으로 입양 보낸 사정을 알고서는 단순히 사는 것이 아니라 남에게 모범이 되는 좋은 삶을 꿈꾸게 되었습니다. 이 자리에 계신 같은 처지의 입양인 여러분을 만나면서 새삼 느끼게 됩니다. 신의 뜻이 있었기에 오늘 저희가 이 자리에 함께 설 수 있었음을 말입니다"

돌이켜보면 국내 인구의 14%에 달하는 해외동포는 한반도의 지정학적 요인과 질곡의 근현대사가 낳은 역사의 산물이라 할 수 있다. 재일한국인, 조선족, 사할린 동포, 고려인, 하와이 사탕수수 농장 이민노동자, 멕시코·쿠바 한인이 그렇고 20만 명이 넘는 해외 입양인 역시 마찬가지다. 이역만리에서 차별과 역경을 딛고 주류사회의 일원으로 우뚝 선 그들의 이야기는 우리 역사에서 빼놓을 수 없는 부분이다.

홀로코스트 생존자로 노벨평화상을 받은 엘리 위젤은 모 언론사 칼럼에 수상 소감을 이렇게 썼다.

"2차 대전 포화 속의 유럽에서 어린 시절을 보낸 나에게 유대인의 피가 흐르고 있다는 사실은 공포감에 사로잡히게 했다. 아직도 그렇다. 오늘날에도 유대인이란 의미는 천 년 전과 변치 않았다고 여전히 믿는다. 유대인이 된다는 것은 무엇보다 기억을 지키고, 유대인의 유산인 생명의 축복과 고통의 문, 고난의 눈물과 황홀한 노래의 문을 동시에 여는 것이다. 유대인의 사명은 세상을 유대인답게 바꾸는 것이 아니라 보다 인간답게 만드는 데 있다"

우리 해외동포는 이제 경제적 빈곤으로 인한 가난과 배고픔, 양반과 상놈으로 나누어진 신분제의 속박, 잦은 외세 침략으로 인한 생존권 침탈 등과 같은 고통스러운 역사의 쇠사슬을 끊고 글로벌 한인으로 세계 속에 우뚝 섰다.

더 이상 해외동포를 각자 스스로 알아서 살아남아야 하는 방임의 대상으로 여겨서는 안 될 일이다. 750만 해외동포가 정의로운 대한민국의 공통분모로서 세계 어디에 살든지 품격 있고 보다 인간다운 삶의 주인공이 되도록 이제 모국이 손을 내밀 때가 왔다.

독립유공자 후손의 눈물

"아까 애국가를 부를 때 눈물이 나더라구요. '내가 대한민국 사람이로구나…' 다시 한번 느꼈어요"

독립유공자 백경준 선생의 딸인 백순옥 씨가 총영사관에 와서 국적을 회복하면서 동포 언론 인터뷰에서 한 말이다.

아메리칸 드림을 찾아 미국에 건너온 이후 쉴 새 없이 달려왔지만, 나이가 드니 마음 한구석에 응어리진 고국에 대한 그리움은 어쩔 수 없는 모양이었다.

애국가 제창에 이어서 공관장 앞에서 국민선서를 하고 태극기를 받아 든 순간 그녀는 끝내 눈시울을 적시고 말았다.

미국에 살고 있는 데다 고령이어서 굳이 대한민국 국적이 더는 필요하지 않다고도 생각할 수 있으련만, 굳이 이렇게 노구를 이끌고 총영사관으로 걸음을 해 국적을 회복하는 것은 조상과 하늘을 우러러 한 점의 후회도 남기지 않으려는 결의가 아니었을까?

현재까지 국가보훈처가 발굴한 미주지역 애국지사는 멕시코와 쿠바를 포함해 2백 명이 훨씬 넘는다. 문제는 이들의 후손 찾기가 쉬운 일이 아니라는 점이다.

미주지역 이민의 첫 효시는 1903년이다. 이후 후손들이 5세에서 6세까지 내려오면서 자신들의 선조가 독립유공자라는 사실도 모른 채 살아가고 있어서다.

1991년 애국장이 추서된 이종근 선생 후손도 마찬가지였다.

이종근 선생은 2·8 독립선언서에 서명한 11명의 민족대표 중 한 분이었는데, 추서된 지 무려 28년이 지나서야 캘리포니아에 거주하는 후손을 찾아 훈장을 수여할 수 있었다.

이처럼 지난 2018~2019년 캘리포니아에서만 찾아낸 독립유공자 후손이 열여섯 가족이나 되고 후손들의 대한민국 국적 회복은 42건에 달한다.

『애국지사의 꿈』을 펴낸 민병용 한인역사박물관장이 국가공적 심사위원으로부터 전해 듣고 책에 소개한 일화는 더욱 안타까운 마음이 들게한다.

미주방면 독립유공자 심사 때마다 "미국에 피난 가 있던 사람들에게 왜 훈장을 주느냐? 그 사람에게 신변의 위협이 있었느냐? 모두 일제 식민통치 아래서 사선을 넘나들 때 어디 있었느냐?"라고 반문하는 심사위원들이 부지기수라는 얘기였다.

세월이 흘러 후손을 찾지 못하는 현실은 어찌할 수 없다 하더라도 왜곡된 시각으로 미주 항일독립운동과 애국지사를 폄하하는 일이 되풀이되어서는 안 될 일이다.

초기 미주 한인들은 대한제국의 영사 보호 한번 제대로 받지 못한 채 온갖 인종차별을 당하며 힘든 막노동을 감내해야 했다. 그 와중에서도 나라 밖에서 나라를 찾겠다는 일념으로 몸이 부서져라 일을 하고 그런 피땀 어린 노동의 대가로 받은 품삯을 쪼개 독립의연금을 모았다. 이 독립의연금은 당시 재정적으로 어려움에 처한 상해 임시정부를 뒷받침하는 토대가 된다.

부끄럽게도 나 역시 이곳에 총영사로 부임하기 전까지는 일제에 외교권을 배앗길 때부터 상해 임시정부가 수립될 때까지 해외 임시정부 역할을 했던 대한인국민회가 캘리포니아에 본거지를 두고 있었던 사실을 모르고 있었다.

　마침 임시정부 수립 100주년을 계기로 대한인국민회와 흥사단을 비롯해 현재 남가주대학 한국학 센터로 사용되고 있는 도산 안창호 선생 가족이 생활했던 가옥, 미 본토 최초의 한인타운인 파차파 캠프 등 캘리포니아에 있는 수많은 미주 독립운동 유적지를 탐방할 수 있었다.

　1백 년 전 이국땅에서 피눈물을 흘리며 갈구하던 한인들의 독립 여망에 가슴이 뜨거워지는 순간이기도 했다

　'일제 식민통치는 조선인 모두가 바라는 것'이라는 망언을 일삼은 친일파 외교 고문 스티븐스를 처단해 미주 독립운동의 횃불을 드높인 장인환·전명운 의사, 3·1 운동 직후 캘리포니아 중부 윌로우스에 항일비행사 훈련학교를 세우고 임시정부 군무총장을 역임한 노백린 장군, 헤이그 평화회의 대표단 통역을 맡은 송헌주 선생, 일제의 추적을 피해 만주에서 캘리포니아로 망명한 안중근 의사 등의 후손들을 직접 만날 수 있었던 것도 그러했다.

　이들 애국지사 후손들은 동포사회와 단절되어 살아온 까닭에 우리말 소통이 부자연스럽긴 하지만 기념식상에서 선조들의 애국 행적을 듣거나 후손들끼리 서로 모여서 이야기를 나눌 때만큼은 늘 행복하고 자랑스러워했다.

2018년 정부가 국적법을 개정해 해외에 거주하는 독립유공자 후손이 국내에 들어오는 번거로움을 없애고 재외공관장 앞에서 국민선서만 하면 언제든 국적을 회복할 수 있도록 한 것은 늦었지만 환영할 일이다.

백순옥 씨가 미국에 와서 50년 만에 애국가를 다시 부르며 적신 눈시울은 모든 독립유공자 후손들의 한결같은 마음이다.

독립의연금 영수증 원장. 사진 제공: 독립기념관

로즈데일 공원묘지

로즈데일 공원묘지

한국 밖의 국립현충원. LA에는 수많은 애국지사가 잠들어 있는 국립현충원이 있다.

한인타운에서 자동차로 15분 거리에 있는 로즈데일 공원묘지가 바로 그곳이다. 이곳에는 현재 열일곱 분의 애국지사가 영면해 계신다. 인종차별이 심해 죽어서도 아무 데나 묻힐 곳을 찾기 어려웠던 당시 로즈데일은 초기 이민 선조들에게 영원한 안식처를 제공했다.

일찍이 1884년 LA시에 일반 공동묘지로 등록된 로즈데일은 남북전쟁 유공자를 포함해 총 65,000분이 영면해 있다. 입구에 들어서면 독립유공자 한시대와 어머니 문성선의 묘소가 먼저 눈에 띄고, 서쪽으로 40미터가량 더 들어가면 송헌주, 장인명, 최진하, 방사겸 선생의 묘가 나온다.

세상을 떠나서도 돌아갈 조국이 없었던 이들의 묘비에는 영어 알파벳 이름 위쪽에 사랑하는 아버지, 남편, 아내 등의 한글 글귀가 새겨져 있는데, 이를 보고 있노라면 독립지사들이 느꼈을 외로움이 더 크게 다가온다.

독립유공자 한시대는 평생 흥사단원으로서 자녀 4남매와 동생 한영대까지 가족 전체가 독립운동에 몸담았다. 1945년 4월 샌프란시스코 강화회의를 앞두고 해외한민족대표자 회의를 소집해 대한독립의 당위성 선전에 앞장섰다.

바로 옆에 묻혀있는 모친 문성선과 부인 박영숙은 3·1 운동 이후 미국지역 여성단체를 하나로 통합해 대한여자애국단을 결성했었다.

서쪽 건너편에 영면해 있는 송헌주 선생은 광복의 그날까지 독립운동의 중요한 계기마다 부름을 받아 임무를 수행한 애국지사다.

대한제국은 1906년 3월 송헌주 선생에게 지금의 여권이라 할 수 있는 집조를 발급해주면서 헤이그 밀사 통역관으로 밀명을 내렸다. 그는 재학 중이던 로어노크 대학을 휴학하고 1907년 7월 러시아를 거쳐 헤이그로 향했다.

송헌주 선생은 1939년부터 1943년까지 대한인국민회 중앙집행위원장으로 봉직하면서 "우리가 할 일은 아니하고 남의 힘으로 독립을 이룰 수는 없다"라는 신념으로 미국이 상해 임시정부를 승인하고 참전을 승인하도록 선전외교를 직접 담당하기도 했다.

로즈데일에 같이 잠든 300여 명의 초기 한인 이민자들 역시 이들 애국지사의 가족이자 평생 동지였다. 지금까지 이곳 로즈데일에서 찾아낸 총 스물두 분의 애국지사 가운데 이미 대전 국립묘지로 이장된 다섯 분을 포함해 매년 대한인국민회 주관으로 동포사회 참배가 이어지고 있다.

'한국 밖의 한국'이라는 신화를 창출한 LA 동포사회가 국민회와 동지회 북미 총회관, 미 본토 최초의 한인타운인 리버사이드 파차파 캠프, 흥사단, 도산 생가 등 많은 독립운동 유적지와 함께 LA판 국립현충원을 가까이서 참배할 수 있는 것은 크나큰 축복이자 동포사회 화합의 구심점이 아닐 수 없다.

윌로우스 비행학교

캘리포니아 중부에 있는 항일 비행학교 사적지를 돌아봤다.

멀리 오레곤으로부터 10시간이 넘게 손수 운전해서 온 류기원 윌로우스 대한민국 임시정부 한인비행학교·비행단 기념재단 회장이 직접 안내해주었는데, 비행 훈련장이 있었다는 옛터는 수목으로 뒤덮여 온데간데없고 노백린 장군이 체류했다는 학교 기숙사도 세월의 무게를 이기지 못한 채 폐허로 변해 있었다.

노백린 장군이 캘리포니아 초기 이민자들의 뜻을 모아 윌로우스에 한인 비행학교를 세운 것은 바로 100년 전의 일이었다.

관비생으로 일본으로 유학을 떠나 일본 육군사관학교를 졸업하고 대한제국 육군연성학교 교장을 역임 중이었던 그는 군대가 해산되고 나라가 없어지자 상해·하와이·캘리포니아 등지를 떠돌면서 해외에서 독립운동에 매진한다.

3·1 운동 직후 상해 임시정부 군무총장으로 임명된 그는 1920년 봄 일제의 간섭으로부터 비교적 자유로웠던 이곳에 항일 비행사 학교를 세우기로 결심한다. 이후 박희성·이용근 등 30여 명에 달하는 최초의 한인비행사를 양성한다.

육군 장교 출신임에도 앞으로의 전쟁은 하늘을 지배하는 자들의 것이라는 신념 하에 미국인 교관 프랭크 브라이언트 씨를 전격 스카우트해 일궈낸 성과였다.

운 좋게도 아직 그곳에 거주하고 있는 브라이언트 씨 후손과 만날 수 있었다.

이 자리에서 프랭크 브라이언트 씨 후손은 기억에 남는 두 가지 이야기를 꺼냈다.

하나는 윌로우스 한인 비행학교 학생들에 대한 것이었다. 그의 이야기를 들어보면, 당시 캘리포니아에는 명문 레드우드 비행학교가 있었고 이곳 졸업생들이 실제로 2차 세계대전 당시 유럽과 태평양 전선에서 혁혁한 전과를 올렸다. 윌로우스 한인학교 학생들도 교관이었던 할아버지 주선으로 레드우드 비행학교까지 내려가서 함께 비행연습을 했다는 것이다.

또 하나는 진주만 공격 직후 미군의 도쿄 최초 공습은 윌로우스 비행학교 설립 구상이 22년 뒤 실제로 현실화된 것과 다름없다는 취지의 얘기였다.

어느 날 출장 중에 캘리포니아 주립대 프레즈노 캠퍼스의 차만 재 교수를 만났다. 오찬이 끝나고 차 안에서 차 교수는『도쿄 상공 비행 30초』라는 영문 책자를 읽어보면 금방 궁금증이 풀릴 것이라고 했다.

집에 도착하자마자 나는 아마존에 책을 주문해 단숨에 읽어 내려갔다. 요지는 미군 역사상 처음으로 항공모함에서 B25 공격기 16대를 발진시키는 두리틀Doolittle 작전에 관한 것이었다.

당시에는 조종사 자신들도 상상하지 못한 작전이었다. 이 작전은 진주만 공격 4개월 뒤인 1942년 4월 일본 본토에서 800마일 떨어진 남중국해 해상에서 감행된다.

애초 일본 본토 400마일 지점에서 발진해 작전 완료 후 모함으로 귀항하는 계획이었는데, 일본 해군 초계선이 먼바다까지 포착됨에 따라 기존 지점보다 더 떨어진 800마일 인근으로 발진 위치가 바뀌게 된다.

작전은 B25 공격기가 적에 발각되지 않도록 30미터 수면 위로 비행해 목표 지점에 도달하고, 이어 일본 전투기의 역습을 피해 고도를 높인 후 작전을 수행한 후 근거리인 중국 해안 쪽으로 비상착륙하는 것이었다.

이 작전은 테드 로슨이라는 캘리포니아 출신 생존 조종사의 기록에 의해 전후 50년이 지나서야 뒤늦게 세상에 알려지게 된다. 도쿄·오사카 등 5개 주요 도시 군수공장과 항만 시설 등을 공격한 이 작전은 일본의 군함과 전투기가 본토를 수비하느라 태평양 밖으로 자유롭게 나올 수 없도록 묶어두는 것이었다. 또한 일본 본토를 공격함으로써 일 제국군의 사기를 떨어뜨리는 것이 주요 목표였다.

하지만 당시만 해도 해상 800마일 지점에서 전투기를 발진하는 것은 상상할 수 없던 일이었다. 이 같은 무도한 작전 감행으로 조종사가 중국이나 러시아 해안에 비상착륙하다가 전사하거나 현지에서 일본 군경에 체포되어 포로로 생을 마감하기에 이르렀다.

테드 로슨은 난생처음으로 짧고 가느다란 선상 이륙 시의 아찔한 전율, 장거리 저공비행에 대비해 기내에 가득 실은 코를 찌를 듯한 보조 기름통 냄새, 저공비행 중 목격한 평화로운 도쿄 시민들의 모습, 중국 해안 비상착륙과 부상으로 인한 다리 절단, 생명의 위험을 무릅쓰고 아슬아슬한 탈출을 도운 현지 중국인에 대한 고마움을 구구절절 묘사하고 있다.

두리틀Doolittle 장군의 이름을 딴 이 작전은 일본 본토 진격을 앞둔 연합군에게 값진 교훈을 남겼다. 본격적인 본토 진격을 위해서는 중간 요새 확보가 무엇보다 긴요하다는 판단이었다.

결국, 연합군은 전사자 2만 2,000명이 넘는 혹독한 희생을 치르면서도 괌과 이오지마, 오키나와라는 전략적 요충지 확보에 나선다.

월로우스 비행학교 출신 한인 조종사를 소재로『하늘에 별을 묻다』라는 소설을 쓴 재미동포 작가 권소희는 이렇게 썼다.

"이민 선조들은 어쩌다 보니 미국 땅에 오게 되고 어쩌다 보니 멕시코와 쿠바로 가는 배를 탔다. 작정하고 그곳에 뿌리를 내린 게 아니다. 일제의 잔혹한 압제를 피해 그들은 어떻든 짐을 꾸려야 했다. 그들은 태평양 너머에 뚝 떨어져 사는 딴 나라 사람들이 아니었다"

조국 광복은 본국의 국민뿐 아니라 이역만리로 이민을 떠난 선조들의 투쟁과 헌신 속에 마침내 꽃을 피웠다.

한인은 어디에 살든지 우리 역사의 변함없는 주인공이라는 이
야기를 하고 싶었던 게 아닐까?

　자랑스러운 공군, 공군인 소책자에 윌로우스 한인 비행학교가
대한민국 최초의 공군 비행학교로 자리매김한 것은 너무나 당연
한 일이다.

윌로우스 한인 비행학교의 노백린 장군(가운데)과 조종사들.
사진 제공: 류기원 윌로우스 대한민국 임시정부 한인비행학교·비행단 기념재단 회장

잊혀진 쿠바 한인 이야기

어느 날 교육 담당 영사가 '조셉 전'이라는 한인 영화감독을 잠깐 소개하겠다며 사무실로 들어왔다. 뉴욕 변호사 출신으로 쿠바 한인 다큐멘터리를 촬영 중인 분이라고 했다.

몇 년 전 쿠바 여행을 갔다가 공항 택시에서 우연히 한인 4세를 만나면서 쿠바에도 한인 디아스포라가 있다는 사실에 놀라 다니던 로펌까지 그만두고 다시 쿠바로 돌아가 한인 이민사 이야기를 찍게 되었다고 했다.

마침 이틀 후 LA 지역 애국지사 후손 모임에서 「헤로니모 임」이라는 제목으로 자신이 찍은 다큐멘터리가 시연된다고 해서 참석했다.

쿠바 아바나지방회 대한**독립광복**군 후원금 송금 공문. 아바나지방회에서 후원금을 걷어 송금한다는 내용이다. **안군명** 등 28명이 총 13원 25전을 모금했다는 사실을 알 수 있다. 사진 제공: **독립기념관**

다큐멘터리는 부모를 따라 두 살 때 유카탄반도 어저귀 농장에 이민 갔다가 열여덟 살인 1921년 쿠바로 건너간 임천택 선생의 이야기로부터 시작된다.

김구 선생의 『백범일지』에는 임천택 선생이 등장한다. 임천택 선생과 쿠바 지역 애국지사 이름, 쿠바 한인들이 나오는데 이들이 1938년부터 1945년까지 십시일반 모아 보낸 독립의연금이 1,489전이었다고 기록되어 있다.

다큐멘터리 주인공 헤로니모 임는 다름 아닌 임천택 선생의 장남이었다. 1926년 쿠바에서 태어난 헤로니모는 한인 최초로 아바나대학교 법대를 졸업했다. 그 후 대학 동기생인 피델 카스트로를 도와 쿠바 혁명에 기여하게 되는데, 소수민족 최초로 핵심 부처인 식량산업부 차관까지 오르는 등 승승장구한다. 은퇴 후에는 한글학교 건립과 아바나 한인회 결성 등 쿠바 한인 정체성 확립을 위해 헌신한다.

조셉 전 감독이 공항 택시에서 처음 만난 한인 4세 파트리시아는 헤로니모의 친손녀였다.

조셉 전 감독은 이제 모습도 현지 쿠바인처럼 많이 바뀌어 버린 4세·5세 쿠바 한인 100명 이상을 직접 만나고 그 가운데 35명을 집중해서 인터뷰했다. 1905년 1천여 명의 한인들이 처음 멕시코 유카탄반도에 닻을 내린 이후 그 일부가 쿠바까지 건너가 살게 되었고, 이러한 쿠바 한인들의 서사시가 마침내 영화로 재현된 것이다.

그는 미국에 살면서 마음속 한구석에 품어 온 한인 정체성에 대한 고민이 일순 영감으로 바뀌는 일생일대의 감동이었다고 했다. 고국을 떠나 섭씨 45도가 오르내리는 유카탄반도 어저귀 농장에서 노예처럼 일하면서 인고의 세월을 보내야 했다. 어저귀는 본래 에네켄이라 하여 선인장과의 알로에와 비슷하게 생긴 식물이다. 이러한 한인들의 참상은 당시 중국 『문훙일보』에 실린 허훼의 편지를 통해 세상에 알려진다.

이곳 돼지고기 값은 80전인데 한인 값은 30전 하니 그 가치가 너무 싸다. 한인은 이곳 토착민보다 아래인 최하위층 노예가 되어 영원히 우마와 같다.

사실상 노예 계약이나 다름없게 된 것은 이민하는 데 드는 약 200달러의 여비와 수수료를 현지 농장주들이 대신 지급했기 때문이었다. 형식상으로는 쌍방 합의에 따른 노동계약이었지만 실제로는 약 4년 상당의 노예 계약과 다름없었다.

모진 인고의 세월 끝에 유카탄에도 마침내 전기가 찾아왔다.

1909년 5월 9일 유카탄 메리다 지방에 대한인국민회 지방회가 생겨난 것이다. 어저귀 농장에서 노예처럼 일하던 7~8명의 현지 한인들이 남은 이민 경비를 농장주에게 속전해 풀려났고 임시의 장이 된 황사용과 방화중이 북미에서 파견되면서 이들과 함께 메리다 시내에 개신 교회를 세운 것이 첫 단추였다.

방화중 목사는 그날의 감격을 '메리다 지방회 창립 예식일 성황' 제하로 1909년 6월 26일 자『신한민보』에 싣는다.

> 장하다. 묵국(멕시코) 유카탄반도 메리다 지방회 조직이여! 암흑 동천에 저와 같이 속박을 당하던 천여 명의 동포가 우리 조국을 건질 목적으로 국민회 메리다 지방회를 조직하였으니 어찌 묵국 산천이 하례하지 아니 하리요!

1920년대 초반 유카탄반도 내전과 경제 상황 악화로 임천택 선생을 비롯한 수백 명의 한인들은 일제 식민지였던 모국으로 귀환한다라는, 오랫동안 가슴속에 품어왔던 꿈을 뒤로하고 쿠바로 건너갔고 그것이 바로 쿠바 한인 대장정의 시작이었던 셈이다.

잊혀진 쿠바 한인 이야기를 「헤로니모Jeronimo」라는 다큐 영상으로 담아낸 조셉 전한국 이름 전후석 감독에 관한 이야기가 2019년 여름 국내에서도 방영되어 잔잔한 감동을 전해주었다.

태풍이 일본열도를 비껴나가면

20여 년 전 오사카 총영사관에 근무하면서 만난 재일동포 가운데 이희건 씨와 유봉식 씨가 있다.

두 분 모두 이제 고인이 되었지만, 이희건 씨를 처음 만난 것은 2002년 한일 월드컵 축구가 열리기 두 달 전 일이었다.

당시 이희건 씨는 서울 개막식에 해외 자문위원으로 위촉되었다. 하지만 민족금융기관인 관서흥은 부도와 관련한 재판으로 오사카 남부경찰서에 구류되어 있어 일본 사법당국의 허가를 받은 후에야 영사접견 형식으로 만날 수 있었다.

외교관이 되어 난생처음 가본 영사접견이라 아직도 접견실 구조나 유리창을 사이에 두고 서로 나눴던 면담 내용이 기억에 생생하다. 이 접견 자리에서 고령에 구류생활을 하는 데 불편한 점은 없는지를 확인하고 월드컵 기간 중 일본 정부로부터 특별 가석방 허가가 나오는 대로 서울에서 열리는 개막식에 참석할 수 있도록 노력 중에 있다는 소식을 전하고 위로했다.

이희건 씨는 80년대 초 재일동포들의 뜻을 모아 신한은행을 설립했고, '88 서울올림픽' 때에는 당시로는 천문학적인 액수인 100억 엔을 재일동포 성금으로 모아 올림픽공원 조성 등 고국 경제 발전에 기여했다. 그러나 아시아를 집어삼킨 경제위기 소용돌이 속에서 민족금융의 젖줄이었던 관서흥은과 오사카 상은의 부도를 막아내지는 못하였다.

구원 투수는 교토 MK 택시의 유봉식 창립주였다.

유 씨는 애초 금융업과는 전혀 인연이 없었다. 그런데 어느 날 긴키 재무국장으로부터 긴급 호출을 받는다. 당시 필자는 경제영사로서 긴키 재무국장을 비롯해 파산절차 위임을 받은 3명의 관재인을 만나곤 했는데 이들이 수소문 끝에 찾아낸 인물이 바로 유봉식 씨였다.

유 씨가 택시회사 사장에서 민족금융기관 선장으로 발탁된 것은 90년대 초 아키히토 천황의 교토 방문 때에 많은 토종 경쟁사들을 제치고 공식 렌트업체로 선정된 신화에서 비롯되었다. 평소에 꾸준히 해온 직원 친절 교육과 지역사회 내 높은 신용이 빛을 발하는 순간이었다. 이후 그는 수만 개의 동포 영세기업들의 연쇄 파산이 현실화되는 시점에서 무려 8천억 엔에 달하는 일본 정부 공적자금을 수혈받으며 구원 투수로 멋지게 등극한다.

한번은 교토에서 개최되는 동포 행사로 가는 자동차에 함께 타서 그의 인생담을 직접 들을 수 있었다. 놀라웠던 것은 택시회사 사장인데도 그는 평생 전용 기사 한 명 두지 않고 신출내기 직원과 3개월가량 함께 출퇴근하면서 운전만이 아닌 지역 지리, 차량 관리, 손님에 대한 예절 등 MK 가족으로서 자질을 함양토록 해왔다는 것이었다.

이희건 씨와 유봉식 씨는 전후 시대 차별의 대명사가 된 재일동포이다. 그럼에도 역경을 딛고 겸손과 신용을 바탕으로 일본 땅에서 성공의 금자탑을 쌓아 올렸다. 어려움에 처한 재일동포들에게 용기와 희망을 불어넣은 거장들이었다. 일본에 살면서도 수출용보다는 토종 소주를 좋아하는 그야말로 '토종 한국인'이었다.

재일동포는 태풍이 삶의 터전인 일본열도를 비껴 한반도로 향하고 있다는 기상예보를 접하면 친정 생각하는 새색시처럼 조국을 걱정했다. 남북 대치 속에서 고국으로부터 온갖 차별대우를 받으면서도 전후 고도경제 성장기에 아낌없는 국내 투자와 노하우

전수로 조국 근대화의 견인차가 되어주었다.

하지만 재일동포 사회 내 모국어 교육은 대부분 총련계 조선학교에 의해 이루어졌다. 학교 수가 예전보다 1/3로 줄었지만, 아직도 64개 조선학교에 8천여 명의 재일동포들이 수학하고 있고, 재학생 가운데 절반 이상은 아직도 우리 대한민국 국적자다.

재일동포 5세·6세 차세대들은 모국의 분단 상황이나 국적에 아랑곳없이 인근에 있는 한글 교육이 가능한 대안 학교를 찾아가고 있는 것이다. 그런데도 전후 역대 정부는 재일동포 뿌리 교육을 민단계와 총련계 학생으로 나눈 채 차별해오고 있다. 그야말로 눈 가리고 아웅하는 식이다.

일본 정규교육시스템상 차등 지원 대상이 될 수밖에 없는 조선인 학교의 운영난이 방치되어 궁극적으로 한글 교육이 중단되는 상황은 남과 북 모두 원하는 바가 아닐 것이다.

광복 후 75년이 지난 이제는 뿌리 교육에 있어서만큼은 분단과 이념의 벽을 허물고 상생의 길을 모색해야 할 때다. 대한민국 국적자로 살아가는 5세·6세 재일한국인들이 모국 유학이나 서울 주재원 근무 시에 일본 국적으로 귀화한 동포보다 오히려 역차별을 받는 입법 부작위 상태도 재일동포 특별법을 통해서라도 시정되어야 한다.

김영옥 대령

msn닷컴은 2011년 미국 역사상 최고의 전쟁영웅 16인 가운데 한 명으로 캘리포니아 출신 김영옥 대령을 선정했다.

독립전쟁 총사령관이자 초대 대통령인 조지 워싱턴, 남북전쟁 영웅 율리시스 그랜트, 2차 대전 연합군 사령관이자 34대 대통령 드와이트 아이젠하워, 걸프전 미군 사령관 노먼 슈워츠코프 등 걸출한 인물들이 등장하는 200여 년 미국 전쟁사를 통틀어서다.

김영옥은 2차 대전 유럽 전선에서 로마 탈환을 위한 연합군의 버펄로 작전을 성공으로 이끈 일등공신이다. 대낮에 오히려 경계가 소홀한 틈을 타서 독일군 적진에 잠입해 기적과 같은 포로생포 작전으로 적의 작전계획과 주력부대 배치를 알아내 전세를 반

전시키고, 이탈리아 북부 고딕라인 돌파를 이끌었다.

캘리포니아에서 활동한 언론인 한우성 씨가 쓴『아름다운 영웅 김영옥』에 따르면 김영옥은 한국전쟁에서 미 육군 31연대 1대대를 이끌고 구만산, 탑골, 청병산, 수안산 전투에서 연승한 휴전선 60킬로미터 북상의 주역이었다.

하지만 그의 진정한 위대함은 이탈리아와 프랑스, 모국인 한국으로부터 최고 무공훈장을 받은 전쟁영웅으로서가 아니라 인종을 초월한 최고의 휴머니스트였다는 데 있다.

LA 한인타운 곳곳에는 그의 발자취와 숨결이 살아 숨 쉬고 있다. 저소득층 이민 1세와 노인들을 위한 한인건강정보센터, 매년 1천만 달러 상당의 미국 정부 예산을 지원받는 한인타운청소년센터KYCC, 차세대 한인들의 정치적 결사인 한미연합회KAC 등 미 주류사회와 연결된 비영리법인 대부분은 그의 노력과 봉사로 태동되었다.

그는 또한 일본계 미군 참전용사회 회장을 맡아 LA 시내 재팬타운에 2차 대전 참전자비를 건립하고 일미 이민사 박물관 건립을 주도해 이탈리아와 프랑스 전선에서 함께 싸우다 전사한 442부대 일본계 부대원에 대한 자신의 약속을 지켰다. 재팬타운 참전자비 부속 건물 동판에 건립위원장 김영옥 대령이라고 새겨져 있는 것은 결코 우연이 아니었던 것이다.

그는 한국전쟁이 한창일 때도 월급을 털어 삼각지에 임시 고아원을 세워 전쟁고아 500명을 돌봤고 전쟁이 끝난 뒤 미국에 돌아가서도 지속적으로 후원금을 보내왔다.

태어나고 자란 캘리포니아에서도 그는 흑인, 필리핀계 등 여타 소수인종과 여성, 아동과 빈민의 대부로서 아름다운 삶을 살았다. 그가 지나온 삶의 발자취를 알게 되면 지난 2009년 한인타운에 미국 최초로 한인 이름을 딴 김영옥 공립중학교가 생겨난 것은 당연한 귀결이라는 생각이 든다.

2018년 8월 쿼크 실바 의원과 한국계 스티븐 최 주 하원의원의 발의로 미 서부를 남북으로 횡단하는 5번 고속도로 오렌지카운티 구간이 김영옥 고속도로로 명명되었다.

수년 전 도산 안창호 선생의 이름이 인터체인지 명칭으로 지정된 바는 있지만 연방 고속도로 특정 구간 전체가 한인 이름을 따 명명된 것은 미국 역사상 처음이다.

김영옥 대령은 평소 자신을 100% 미국인이자 100% 한국인이라고 자부했다.

2차 대전 때 유럽 전선에서 중상을 입고 퇴역했지만, 그는 한국 전쟁이 발발하자 아버지의 나라를 위해 자원입대한다. 그는 하나 밖에 없는 목숨을 걸고 전쟁터를 누빈 미주 동포사회가 낳은 위대한 영웅이었다.

이러한 김영옥 대령의 삶은 미국 땅에 살고 있는 한인들의 정계 진출에 있어서도 커다란 힘이 되고 있다. 2020년 11월 연방의회 의원 선거에서 캘리포니아에서만 2명의 연방의원이 배출되고 주·카운티·시 단위에서도 차세대들이 나서는 등 한인 정치인 후보들이 봇물 터지듯 나오고 있다.

이들 모두 김영옥에게서 길을 찾고 있다.

김영옥중학교(Young Oak Kim Academy)

스물세 살 세 자녀

2020년 봄 스티븐 모리슨 한인 입양인단체 회장 내외를 관저 만찬에 초대했다.

코로나 사태로 두 달째 대규모 관저 행사는 모두 취소했지만, 캘리포니아 주정부 행정명령을 준수하면서 보통 14명이 앉는 만찬 테이블에 단 넷이 앉아서 한식 도시락으로 조촐하게 진행했다.

모리슨 회장과의 첫 인연은 LA에 부임한 이듬해 한인 입양인과 입양 가족들을 위한 관저 네트워크 행사에서였다. 오랜만에 입양 가족들끼리 서로의 고충과 경험을 나누고 도움을 주고받자는 취지에서 마련된 행사였는데 모리슨 회장도 똑같은 입양인으로서 자신을 소개했었다.

그는 강원도의 한 어촌에서 태어나 여섯 살 때부터 동생과 같이 고아원을 전전하다가 열네 살 때 홀로 미국에 입양 왔다. 먼저 자리를 함께해준 입양인 부모들에게 감사 인사를 전한 그는 자신을 선택해준 아버지에 관한 이야기부터 꺼냈다.

"아버지 모리슨 씨는 몇 해 전 작고하셨는데 지금으로부터 51년 전에 저를 미국으로 데려와 주셨습니다. 당시 저는 14살로 해외 입양되기엔 나이가 많았고 신체적 장애도 있었습니다. 그런 저의 사진을 보고 '지금까지 아무에게도 선택받지 못한 이 아이가 바로 내 아들'이라면서 아들로 삼아주신 분이 모리슨 저의 아버지입니다. 아버지가 아니었다면 오늘의 저는 없었을 것입니다"

그는 자신을 소개하는 도중 아버지라는 단어 앞에서 울컥했다.

나는 그가 회장을 맡고 있는 MPAK라는 입양홍보단체 행사에서 여러 차례 만남을 가질 수 있었다. 그러나 개인적 이야기를 자세히 들을 수 있었던 것은 그의 부부를 관저 만찬에 초대한 이날이 처음이었다.

미국 우주항공연구소 수석 연구원으로 일해 온 그는 39살에 늦깎이로 결혼해 딸 둘을 낳았다고 한다. 큰딸이 세 살 되던 해에 같은 또래 남자아이를 한국에서 입양했고 큰딸이 14살이 되었을 때 또 다른 남자아이를 입양해 키웠다.

두 번째 입양한 남자아이는 미국 이름이 벤자민이다.

처음에는 LA에 사는 한인 부부가 아이가 없어 입양하기로 했었는데 둘이 헤어지는 바람에 이뤄지지 못했다. 이 사실을 뒤늦게 안 모리슨이 입양하게 되었다고 한다.

벤자민의 나이를 11살로 알고 입양했는데 이는 서울 고아원에서 입양이 안 될까 봐 세 살을 낮춰서 말한 것이었고, 실제 나이는 51년 전 자신이 미국에 입양 온 때와 같은 14살이었다.

이렇게 해서 입양한 두 아들과 큰딸이 스물세 살의 어엿한 청년으로 성장했다. 그런데 벤자민이 진짜 아들로 돌아오기까지는 말 못 할 시행착오도 많았다고 술회했다.

처음 한 달 동안 벤자민은 미국 생활에 만족하고 매우 행복해 보였다. 그런데 시간이 갈수록 부모에 대한 투정이 늘어갔다. 부잣집에 입양된다는 애길 듣고 왔는데 방은 물론 컴퓨터도 먼저 입양 온 형과 같이 써야 하느냐며 고아원 시설과 다를 바 없다고 불평을 늘어놓기 시작했다.

또한, 자신은 공부에는 관심이 없고 스페인 바르셀로나 메시 선수처럼 프로축구 선수가 되는 게 꿈이라며 그곳 유소년 합숙소에 보내 달라고 떼를 쓰곤 했다. 그런가 하면 영어를 못 알아듣는다는 핑계로 수업시간에도 졸기만 해서 부모로서 여러 차례 담임선생에 불려가기도 했다.

그러던 어느 날 하루는 벤자민이 아예 집을 나가서 귀가하지 않는 일이 생겼다.

걱정이 되어 차를 몰고 갈만한 곳 여기저기를 찾아보았다. 어쩔 수 없이 경찰을 통해서도 게임방 등 시내 곳곳을 샅샅이 뒤졌으나 집을 나간 벤자민을 찾을 순 없었다.

새벽 무렵이었다. 벤자민이 스스로 집으로 돌아왔다. 혼자서 돌아온 벤자민에게 여태 어디에 있었느냐 물었더니 생각하지도 못한 의외의 답변이 돌아왔다. 대형 캠핑카가 주차되어있는 저택 앞에서 여태껏 쭈그리고 앉아 있었는데 비가 오고 추워서 돌아왔다는 것이었다. 어린 마음에 그러고 있으면 백인 부잣집에서 자신을 재입양해 줄 거라고 생각한 모양이었다.

다행스럽게도 그 후 벤자민은 서서히 마음을 잡고 아버지와 함께 틈틈이 영어와 수학을 공부해나가기 시작했다. 5년 뒤 벤자민은 명문대인 일리노이 공대에 합격하게 된다.

대학 1학년 때는 A 학점을 네 개나 받아와서 스티븐 모리슨 회장은 네가 나중에 성공하거든 "'가' 네 개에서 A 학점 네 개"라고 성공담을 써보라고 농담을 건네기도 했다. 미국 입양 전 서울에서 중학교 다닐 때 1학년 성적표에는 '가' 가 네 개나 있어서였다.

기쁨도 잠깐이랄까. 대학 2학년 말에 위기가 또 찾아왔다. 벤자민이 대학에서 낙제를 하고 집으로 돌아와 버린 것이다. 처음에는 퇴학 사실을 숨기다가 들통이 났다. 알고 보니 한국에서 온 유학생들과 어울려 다니기 시작하면서 게임과 오락에 빠져 수업을 배먹기 시작한 결과였다.

난생처음 같은 또래로부터 인정받는 것이 좋아서 그렇게 되었다는 변명 아닌 변명을 했다.

모리슨 회장은 어려운 가정 형편에도 매년 7~8만 달러를 들여서 기회를 만들어주려고 했는데 이제 다 끝났으니 1년 내로 짐을 싸서 나가라고 엄포를 했다.

말은 그렇게 했지만 차마 내보낼 수는 없었다. 문제는 인근 커뮤니티 단과대학에서도 F 학점 퇴학 경력자는 받아주지 않는다는 것이었다.

벤자민은 원래 사회적 감성과 대인관계 능력이 많이 떨어지는 아이였지만 머리가 좋아서 수학을 잘했다. 그 덕분에 6개월 코스 컴퓨터 직업훈련소에 보낼 수 있었다. 벤자민은 이곳에서 수석으로 졸업했다. 지금은 샌프란시스코에 있는 벤처기업에 취업해 고연봉을 받고 있다고 했다.

얼마 전까지만 해도 아저씨·아줌마라고 부르던 벤자민은 이제 모리슨 회장 부부를 엄마·아빠라고 부르며 진심 어린 마음으로 대한다고 했다.

모리슨 회장의 입양아에 관한 생각은 언제나 변함없다.

자신이 그랬던 것처럼 어떤 아이든 고아원 시설이 아닌 가족의 품에서 자랄 권리가 있다는 것이다.

51년 전 미국에 홀로 입양되면서 고아원에서 영영 헤어진 동생 석준이에 대한 그리움과 형으로서 죄스러움은 어쩔 수 없는 것 같았다.

마크 김 판사

2020년 봄 내가 서울로 귀임한다는 뉴스가 동포언론에 크게 실렸다.

무슨 잘못이 있어서 전격 교체되는 뉘앙스로 알려지는 바람에 예상치 않게 여기저기서 위로 전화와 카톡 메시지가 쇄도했다. 공관장 인사는 내정 상태에서는 보안이 유지되어야 하고 설령 이를 인지하더라도 상대국 입장을 존중해 보도하지 않는 것이 관례다. 그런데 막상 귀임 소식이 퍼지자 무슨 사연인지 궁금해하는 사람들이 많았다. 이들에게 일일이 뭐라 말해주기도 그렇고, 모른다고 잡아떼기도 어정쩡한 상황이 되고 말았다.

동포신문 한 기자가 우회적으로 질문을 던졌다.

"이제 귀임하시는데… 동포사회에서 누구랑 제일 친하시나요?"

"친한 사람요? 글쎄요. 마크 김 판사요. 친하다기보다 존경한다는 말이 옳을 거 같아요"

한인사회 기부 천사들, 총영사로서 자주 접촉하는 동포단체 인사 면면을 누구보다 잘 아는 그이기에 뜻밖의 대답에 놀라는 기색이 역력했다. 하지만 굳이 이유는 대지 않았다. 나도 모르게 불쑥 말이 나온 터라 뭐라 부연하기도 마땅치 않았다.

마크 판사를 처음 알게 된 것은 상해 임시정부 수립 100돌을 맞아 남가주대학과 함께 미주 한인 독립운동 발자취를 되새겨보는 학술 세미나에서였다.

마크 판사 강연은 '안중근 의사 재판이 지금 캘리포니아 법정에서 열린다면 어떤 판결이 나올까?'라는 흥미로운 주제였다.

총기·현장 목격자 등 수많은 증거, 안중근 의사 본인이 태극기를 들어 올리고 러시아 말로 "코레야 우레"라고 대한독립만세를 외치면서 러시아 헌병에 스스로 체포된 점, 재판 과정에서 순순히 의거를 자백하고 판사 앞에서 사전 실행 과정까지 소상히 진술한 점 등에 비추어 캘리포니아 법정이라 하더라도 형법 187조에 따라 사형선고를 위한 실체적 증거는 넘쳐난다.

다음으로는 당시 뤼순 재판정의 관할권 행사가 흠결이 없는지 살펴봐야 하는데 이는 을사늑약 체결의 불법성과 연관이 있다. 늑약 자체가 상대방의 의사에 반해 강압적으로 체결된 것이라면 일제의 재판 관할권은 애당초 원천무효인 것이고 무죄추정의 원칙에도 근본적으로 반하는 것이다.

다시 말하면 안중근 의사에 대한 재판 관할권은 쌍방 간 다툼으로 인해 러·일, 한·러 간 합의에 실패할 경우 캘리포니아 법정과 같은 제3국이나 국제사법재판소에서 다뤄졌어야 했다. 또한, 안 의사의 죄를 심판하기에 앞서 일제가 고종을 퇴위시키고 대한제국 군주제 전복을 기도한 것에 대한 심판이 있어야 했다. 이는 국제법상 반란죄에 해당하고, "대표권 없이 과세課稅 없다"라는 주권론에도 정면 배치되는 일이다.

만일 캘리포니아와 같은 제3국 법정에서 재판이 열렸다면 최종 배심원 판결이 내려지는 마지막 시점까지 무죄추정의 원칙과 재판의 공정성이 담보되었을 것이다. 사건이 발생한 지 불과 5개월 만에 안 의사에 대한 재판과 형 집행이 일사천리로 진행된 것만 봐도 뤼순 재판정이 무죄추정의 원칙 따위는 안중에도 없이 죄를 기정사실화해 두었다는 사실을 알 수 있다.

또 다른 요소는 정당방위 성립 여부다.

정당방위를 주장하려면 위험이 현존하고 긴박하며 달리 방법이 없어야 하는데, 안 의사가 만약 오늘 캘리포니아 법정에 선다면 어떻게 진술할까?

안 의사는 당시 자위권에 근거해 무죄를 주장하지는 않았지만, 최종 진술에서 자위권 주장으로 추정할만한 15가지를 의거의 사유로 열거했다.

국모인 명성황후를 시해했고, 고종을 퇴위시켰고, 군대를 강제로 해산시켰고, 14개의 불법적인 조약체결을 강요했고, 가족인 무고한 조선인을 학살했고, 조선인 스스로 일제의 보호를 받고자 한다고 세계에 거짓말을 퍼뜨렸다는 것이다.

이것은 대한의군 참모중장 자격으로 안중근 의사가 말한 이토 히로부미를 처단한 동기이자 의거의 사유 15개 중 일부에 불과하다. 결론적으로 조선인이 원하지 않은 조선통감 '이토 히로부미'가 살아있는 한 일제의 통감정치가 지속되어 동양의 평화가 무너지고 앞으로도 수많은 조선인 형제와 가족의 학살이 예견되므로 의거를 결행할 수밖에 없었다는 논거는 예나 지금이나 다를 바 없을 것이다.

마크 판사는 배심원 판결의 특성상 재판 결과를 예단할 수 없고 그래서도 안 된다는 판사다운 신중함을 유지하며 3가지 판결 방향만 제시했다. 즉, 사전에 의도한 극악무도한 1급 살인죄, 정당방위 요건 불충분으로 일부 유죄, 완벽한 정당방위 성립으로 무죄라는 세 가지 판결이 예상된다는 것이었다. 그리고 세미나 참석자들에게 이들 시나리오를 참고해 각자 배심원의 입장에서 판결해보도록 공을 넘겼다.

마크 판사는 1907년 을사늑약의 부당함을 알리기 위해 파견된 헤이그 밀사 통역관이자 임시정부의 대일 선전포고 시 캘리포니아에서 결성된 민병대 맹호군 정위로 활동한 애국지사 송헌주 선생(1880~1965)의 증외손자다.

한국전쟁이 끝나고 아버지 김동국 씨가 외할아버지 송헌주 선생을 보살피기 위해 미국에 건너오는 바람에 캘리포니아 산타바바라에서 태어났는데, 태어나자마자 아버지 사업 형편상 서대문에 있는 친할머니댁에 맡겨졌다. 여기에서 초등학교 2학년까지 자란 덕에 한국말도 유창하다.

마크 김 판사는 한 국내언론 인터뷰에서 이렇게 술회했다.

"독립유공자들이 나라를 되찾는 길에 나서면서 가정에는 큰 희생이 따랐습니다. 외증조할아버지 송헌주 선생은

일찍이 1915년에 프린스턴 대학을 졸업하시고 평생을 편하
게 사실 수 있었을 텐데 국권회복운동이라는 희생의 길을
평생 걸으셨지요"

굳이 내색하지는 않았지만, 마크 판사의 외증조 송헌주 선생에
대한 평소 존경심이 1세기가 훨씬 지난 오늘 안중근 의사 재판을
다시 캘리포니아 배심원 재판정과 비교해 보게 한 동인이 아니었
을까?

송헌주 선생. 사진 제공: 독립기념관

재미유대인연맹과 대한인국민회

재미유대인연맹은 1906년 뉴욕에서 탄생했다.

당시, 러시아 땅이었던 키시네프에서 유대인 학살과 방화 사건이 발생하자 야콥 쉬프를 비롯한 미국 내 유대인들은 곤궁에 처한 유대인 동포를 돕기 위해 일어난다.

첫 시험대는 미·러 우호통상조약 파기 로비였다.

거리로 내몰린 동포를 돕기 위해 미국 주재 러시아 영사관에서 비자까지 받아들고 러시아에 도착한 유대인들은 입국을 거부당한다. 그러자 재미유대인연맹은 대對 러 압박을 위한 미 의회 로비에 나선다. 단지 유대인이라는 이유로 미 시민권자를 차별대우하는 것은 미국에 대한 비우호적 행위로 더 이상 러시아를 우호 국가로 인정해서는 안 된다는 주장이었다.

결국, 재미유대인연맹 탄생 7년만인 1913년 미 의회는 미·러 우호통상조약의 일방적 종료를 선언하게 된다. 재미유대인연맹은 그때부터 러시아와 유럽에 흩어져 있던 7백만 유대인의 생명과 인권을 보호하는 대명사로 역사적 자리매김을 하게 된다.

여기에 그치지 않고 연맹은 1, 2차 세계 대전을 거치면서 수백만 유대인의 미국 입국과 유럽 내 재정착을 돕는다. 유엔헌장에 소수자 인권조항이 들어가고 권리장전이 전승국의 미래 행동규범이 되도록 로비를 벌인다. 재미유대인연맹의 로비와 활약으로 수천 년에 걸친 유대인 건국 이야기도 변곡점을 맞는다. 연맹이 트루먼 대통령을 설득해 나치 캠프 출신자 등 15만 명의 유대인 난민이 팔레스타인으로 돌아갈 수 있도록 교섭해냄으로써 비로소 유대인 영토의 꿈이 무르익게 된다.

이를 계기로 유엔 회원국 투표 결과 찬성 33표, 반대 13표, 기권 10표로 팔레스타인 분리계획이 가결되는 성과를 올린다. 이윽고 1948년 5월 트루먼 대통령은 이스라엘을 국가로 승인한다는 내용을 만방에 선포한다. 이에 따라 영국 위임통치령이던 팔레스타인에서 60만 명도 채 안 되던 사람들로 이스라엘 국가가 탄생한다.

재미유대인연맹 창설 42년 만의 쾌거였다.

연맹 회장을 역임했던 데이비스 해리스는 건국 70주년 행사에서 이스라엘 건국 이야기는 3,500년 동안 하나의 땅, 하나의 믿음, 하나의 민족, 하나의 비전으로 유지해온 연결고리가 경이롭게 실현된 것이라고 표현했다.

재미유대인연맹이 생겨난 지 3년 뒤인 1909년 샌프란시스코에서는 우리 국민들이 결성한 국민회가 닻을 올리게 된다.

이듬해 조국이 일제 식민지로 전락되자 국민회는 장인환·전명운 의사 재판 후원기관이었던 대동보국회와 통합해 대한인국민회Korean National Association로 개칭한다. 그리고 대한인국민회는 전 세계에 지부를 두고 해외에서의 항일독립운동 구심점이 된다.

재미유대인연맹이 이스라엘 국가 창설의 구심점이었듯이 대한인국민회는 "독립을 아니 보리"라는 결심으로 투쟁한 끝에 창립 36년 만에 기어코 조국의 국권회복 쟁취에 기여한다.

그러나 아쉽게도 이 두 조직의 현재 모습은 너무나 대조적이다.

재미유대인연맹은 현재도 미국에 22개 사무소, 해외에 11개 지부와 35개 협업 기관을 두고 있다. 이스라엘 정부로부터 예산지원한 푼 없이도 1억 5,000만 달러 상당의 기금을 자체 모금해 미국 행정부와 의회, 각국 정부 수반에 로비를 계속하고 있다. 전 세계 유대인의 권익을 보호하고 반유태주의에 대처하고 있으며, 매년 100만 유대인의 모국방문 운동을 전개함으로써 전 세계 유대인을 잇는 연결고리 역할을 수행하고 있다.

반면, 대한인국민회는 세계 각지에 있던 지방회 조직이 없어진 지 오래고 LA에 있던 총회관 건물도 독립운동 교육장이자 박물관으로서 역사적 명맥만을 유지하고 있을 뿐이다. 한인회가 미주 전역에 수백 개 난립해 있지만, 대한인국민회와 같은 구심점 역할을 기대하기는 어려운 현실이다. 수년 전 발족한 미주총연 역시 내부 갈등과 법정 다툼으로 기능이 마비된 지 오래다.

250만 미주동포 사회를 아우르는 통합적 조직 부활이 아쉽다.

밀레니엄 뿌리 교육

LA 한국교육원에서 안중근 의사 흉상 제막식이 열렸다.

미주 안중근의사 기념사업회가 오래 전에 국내에서 조각해서 가져온 흉상인데 그간 마땅히 모실 곳을 찾지 못한 터였다.

안 의사와 순국열사에 대한 묵념과 기도, 안 의사 살아생전의 약전 봉독, 안 의사를 주제로 한 뮤지컬 「영웅」의 '장부가' 독창이 차례로 이어졌다.

하늘에 맹세한 장부의 큰 뜻
내게 남겨진 마지막 시간
내가 걷던 이 길

끝까지 가면 이룰 수 있나
장부의 뜻
하지만 나는 왜 머뭇거리나
하느님 앞에서 무엇이 두렵나

'장부가'는 안 의사가 뤼순 감옥에서 1910년 3월 사형이 집행되기 전 마지막으로 쓴 붓글씨 '위국헌신 군인본분爲國獻身 軍人本分'을 요즘 식으로 풀어쓴 곡이다.

나라를 위해 몸을 바치는 것은 장부, 즉 의로운 사람의 본분이라고 생각한 안 의사 스스로에 대한 맹세가 솔로 장상근의 열창으로 울려 퍼지자 일순 모두가 숙연해졌다.

기념사업회 윤자성 회장의 감회는 남달랐다.

안중근 의사의 하얼빈 의거에 필요한 후원금을 댄 할아버지 윤능효 애국지사, 아버지 윤경학 목사에 이어 3대째 안 의사를 기리고 있는 윤 회장은 "안중근 의사의 숭고한 나라 사랑과 희생정신, 동양평화 사상이 미국 내에서도 널리 선양되는 시작점이 되었으면 한다"라고 축사했다.

요즘 미국에서는 한류의 여파로 동포 학생만이 아닌 일반 미국

학생들의 한글 배우기 열풍이 한창인데 캘리포니아에는 한글을 정식 교과과정으로 가르치는 초중고가 69개에 달한다. 2년 전에 비하면 11개 교가 늘어나 학교에서 의무적으로 영어와 한글만 사용하는 학생 수가 1만 명을 넘는다.

또한, 캘리포니아 의회가 해외에서 처음으로 한글날 제정을 선포하면서 LA 통합교육구에서 한국문화 과정이 정규 교과목으로 채택되었다 2020년 현재 5개의 중고등 학교에서 시범 운영되고 있으며, 지난 학기부터 남가주대학에도 한국문화와 역사 과정이 개설되었다.

안중근 의사는 1909년 러시아령 하얼빈에서 이토 히로부미를 척결하고 "코레야 우레"라고 외쳤다. 코레야 우레는 러시아어로 대한민국 만세를 뜻한다. 대한독립의 당위성을 세계만방에 호소한 것이다. 이제는 세계 방방곡곡에서 외국인도 우리말로 대한민국 만세를 덩달아 외치며 응원하는 시대가 되었다.

2000년대 초 미얀마 근무 시에 알게 된 사실이지만, 미얀마 화교는 15세기 초 명나라 제독 정화가 200여 척의 호화 선단을 이끌고 아프리카 바닷길 원정에 나선 것이 기원이 되었다.

당시 정화 원정대는 일곱 번이나 파견되어 동서 교류의 물꼬를 텄는데 그때 난파선 선원들이 인도양 벵골만 건너편인 미얀마로 떠내려와 정착한 것이 시초다.

놀라운 것은 600년이 되어서도 이들 화교가 여태껏 중국말과 중국식 풍습을 유지하면서 미얀마 사람으로 잘 살아오고 있다는 점이다.

당시에 비하면 요즘 뿌리 교육의 여건은 두말할 필요 없이 좋아졌다.

750만 해외동포에 대한 뿌리 교육이 밀레니엄 통일 한국의 전제라는 점에서 볼 때 LA 한국교육원에 안중근 의사 흉상이 안치된 것은 매우 뜻깊다.

결단을 내려주신 전임 오승걸 LA 한국교육원장님과 이사들께 진심으로 감사드린다.

"My father was a great man, but a terrible father"

아버지는 위대한 사람이었지만,
자식에게는 형편없는 아버지였습니다.

캘리포니아에서

만난 도산

四五　뎨四十五쟝　거국가　去國歌

一, 간다간다 나는간다 너를두고 나는간다　잠시듯을얼얼느라
二, 〃 〃 〃 〃 〃 〃 〃 〃 〃 〃 〃 〃 〃 〃 〃 〃　더서운흘더럭나가
三, 〃 〃 〃 〃 〃 〃 〃 〃 〃 〃 〃 〃 〃 〃 〃 〃　내가너를작별함
四, 〃 〃 〃 〃 〃 〃 〃 〃 〃 〃 〃 〃 〃 〃 〃 〃　지금리별홀때에도

一, 셥흘터는 이시훈이 나의통을 내미러서 더를떠나 가게혼니
二, 연혈흘을 쑤려고 더 네플속에누어자모 내형데를 다 깨여 서
三, 려편안마 대쉬방을 건널때도잇흘지며 쉬비러아맛휴들 어
四, 이후샹봄 훌때에는 거를들고놀버니 눈물흘빈이리 별이

一, 일로불어 여려 히를 너를보지 못훌지나 그동안에 나는오석
二, 봄비가 머 쳐밫으면 숙어서원 혼겟다만쟝리일을성각후여
三, 단날때도 일을저 나 나뷔몸은 부평갓이 어뉘곳에가잇런지
四, 닌후머며만둘고가낫　진본환영되리로다　악플뀩우십훈이며
（이졀흔이두에四가다음에뫼뒤러보시오）

一, 너를위혀 빈 훌지니 나간다고 슬호어바라 나의사랑 한반도야
二, 군물참고 떠나 가니 버가가멱 멸 갈소냐 〃 〃 〃 〃 〃 〃 〃 〃 〃
三, 너련싱각 훌허이니 너도나를성각흐라 〃 〃 〃 〃 〃 〃 〃 〃 〃
四, 무텨못더 란일거라 훗날다시 맛나보자 〃 〃 〃 〃 〃 〃 〃 〃 〃

750만 해외동포의 마음

간다 간다 나는 간다 / 너를 두고 나는 간다.
잠시 뜻을 얻었노라 / 까불대는 이 시운이
나의 등을 내밀어서 / 너를 떠나가게 하니
일로부터 여러 해를 / 너를 보지 못할지니
그동안에 나는 오직 / 너를 위해 일할지니
나 간다고 설워마라 / 나의 사랑 한반도야

도산이 지은 '거국가'의 초절이다.

1910년 국권 상실 전 도산이 망명길에 오르면서 당시의 심회를 읊은 이 4.4조의 우국가사는 『대한매일신보』에 소개되었다. '거국가'는 '한반도 이별가'라고 불리기도 한다.

칠흑 같은 조국의 현실 앞에 자신에게 다짐이라도 하듯 슬픈 노래 한 곡조를 남기고 떠나야 했던 도산의 마음은 얼마나 무겁고 시렸을까?

도산이 나라를 빼앗기는 경술국치 소식을 접한 것은 청인의 소금 배를 타고 청도로 밀항을 한 끝에 독립운동 기지 마련을 위해 블라디보스토크에 도착해서다.

조선 땅은 더 이상 조선 사람을 위한 삶의 터전이 아니었다. 2차 대전 종전까지 당시 2천만 인구의 1/5인 4백만의 조선 사람들이 강제징용과 혹독한 삶의 현실을 견디다 못해 나라를 떠나야 했다.

역사상 유례없는 한인 디아스포라의 아픈 시작이었다.

광복 이후에도 극단적인 남북 대치 상황 속에서 미주대륙으로 정치·경제적 이민을 떠나는 사람들이 줄을 이었고, 이제 750만 해외동포는 경위야 어쨌든 거주국에 따라 국적과 이름은 다를지언정 '씨를 뿌린다'는 디아스포라의 의미처럼 세계 속에 흩어져 살고 있다.

재일동포는 일제의 내선일체 정책에 따라 조선 땅에서 일본 국적자로 강제 징용되거나 구 일본제국군 병사로 전장에 끌려갔으나, 1951년 샌프란시스코 강화 조약으로 하루아침에 일본 국적을 박탈당하고 조선반도 출신 난민으로 남게 되었다. 이러한 역사적 소용돌이 속에서도 재일동포는 60~70년대 모국의 경제발전과 근대화를 위해 지원을 아끼지 않았다. 이렇게 볼 때 재일동포는 우리나라 경제발전의 또 다른 역군이라 할 수 있다.

　재미동포 역시 모국의 정치·민주화를 위해 앞장섰다. 이들이야말로 1세기 전 태평양 너머 미국 땅에서 대한인국민회를 조직하며 국권 회복을 주창했던 위대한 대한인大韓人들이 아니고 무엇이랴!

　일제의 이민 중개업자에 속아 1905년 멕시코 유카탄 농장에 노예로 팔려간 1천여 명의 한인들, 광복 후에도 반세기가 넘도록 조국의 품에 돌아오지 못한 사할린 한인, 시베리아와 중앙아시아 각지에 강제 이주된 고려인들, 일제의 탄압 앞에 독립기지 건설을 위해 대륙으로 탈출한 조선족들. 이 모두가 나라 잃은 설움을 겪으며 모국의 독립을 간절히 원했던 대한인이다.

　간다 간다 나는 간다 / 너를 두고 나는 간다
　내가 너를 작별한 후 / 태평양과 대서양을
　건널 때도 있을지며 / 시베리아 만주들에

다닐 때도 있을지니 / 나의 몸을 부평같이
어느 곳에 가있던지 / 너의 생각 할터이니
너도 나를 생각하라 / 나의 사랑 한반도야

　도산이 황해도 장산곶에서 조국을 탈출하면서 부른 '거국가'
3절은 마치 예견이라도 한 듯 100년이 훨씬 지났지만, 오늘날 세
계 각지에 흩어져 살고 있는 750만 해외동포들의 마음을 그대로
노래하는 듯하다.

'설움덩어리' 외교관

도산만큼 후세에 많은 애칭을 남긴 위인도 드물다.

민족의 스승, 최초의 민중운동가, 노동혁명가, 독립운동 지도자 등등 도산에 붙어 다니는 수식어는 셀 수 없이 많다.

나라 없는 '설움덩어리 외교관'도 그중 하나가 아닐까?

도산이 1902년 8월 대한제국 외부에서 지금의 여권에 해당하는 집조 제51호를 발급받고 그 위에 미국공사관 비자를 받은 후 부인 이혜련 여사와 함께 같은 해 10월 도미할 수 있었던 것은 나라가 있었기 때문이었다.

그러나 을사늑약으로 1905년 11월 외교권이 박탈되자 대한제국 집조 사무는 사실상 중단되어 더 이상 하와이와 유카탄반도로의 이민은 허용되지 않는다. 일본은 여기에 그치지 않고 을사늑약 제1조에 따라 외국에 있는 모든 한인은 일본 영사관의 보호를 받으라는 훈령까지 내린다.

실제 일제는 한인 보호라는 미명 아래 미국 주재 일본 영사관을 통해 한인들을 감시하고 독립운동 방해 공작에 나서는데 장태한 교수 저『파차파 캠프, 미국 최초의 한인타운』에 따르면, 1913년 LA 동쪽 '헤멧'이라는 마을에서 발생한 사건은 일제가 한인을 일본 신민으로 여기고 간섭하려고 한 대표적 사례다.

당시 파차파에 거주하던 11명의 한인 노동자들이 기차를 타고 헤멧 마을 살구 농장에 일하러 갔다가 주민들의 텃세로 되돌아온 사건인데 이틀 후 샌프란시스코 일본 영사가 한인 보호를 주장하고 나선 것이다. 한인들의 거듭된 일본 영사관 보호 거절에도 불구하고 이 사건이 미일 간의 외교 분쟁 조짐으로까지 번지자 대한인국민회 북미지역 총회장 이대위는 당시 브라이언 미 국무장관에게 청원서를 보내 이렇게 간청한다.

바라옵건대 우리 한인들은 일본이 조선을 강제 합방하기 전에 미국에 왔고 해가 하늘에 달려 있는 한 일본에 복종하지 않을 것입니다. 우리 한인들은 미국 법에 복종하며 화평히 살기를 원합니다.

    한인들을 단합시켜 독립운동 조직을 일궈 나가는 데 평생을 바쳤던 도산은 태평양과 대서양을 모두 여섯 번이나 횡단하면서 세계 150여 개 도시를 순회한다. 항공 노선이 없던 당시 교통 사정을 감안하면 아주 놀라운 기록이다. 그런데 이런 도산에게 가장 어려웠던 일은 국경을 넘나들 때마다 지금의 비자인 여행권을 받아내는 일이었다.

    이혜련 여사에게 보낸 편지에서도 도산은 이러한 고충을 자주 토로하는데 처음 발목을 잡은 것은 1910년 소금 배를 타고 청도로 탈출해 블라디보스토크로 망명할 때였다.

    일제의 간섭으로 중국 내에서 활동이 여의치 않자 도산은 새로운 독립기지 모색을 위해 블라디보스토크로 떠나 그곳에서 동지들과 재회키로 한다. 그런데 문제는 러시아 여행권이었다.

    결국, 상하이로 가서 지인을 통해 어렵사리 러시아 부영사 추천장을 받은 후 베이징으로 다시 돌아와 정식 러시아 여행권을 받는다. 또 1911년 8월 영국에서 대서양을 건너 뉴욕으로 입국할 때는 영국이 일본의 동맹국이라 정치적 난민 자격으로 미국 여행권을 발급받는다.

1917년 10월부터 이듬해 8월까지 10개월 동안 멕시코 유카탄반도를 순회하면서 한인들을 단합시키고 대한인국민회 네트워크를 만든 후 캘리포니아로 돌아올 때도 도산은 2개월 가까이 발이 묶인다.

출발 전에 문제가 없도록 사진이 붙은 신원진술서를 작성해 변호사 공증까지 받아 두었지만 소용이 없었다. 가까스로 멕시코 정부로부터 여행사실증명서를 받아내 미국 영사관에 신원 인증을 제공한 후에야 미국으로의 재입국이 가능했다.

1929년 2월 상해에서 미국 배를 타고 필리핀을 방문할 때에는 아예 중국 여권을 발급받는다.

일제의 눈을 피해 여권 이름도 안창호安昌浩가 아닌 옌창하오晏彰昊로 바꾼다. 그런 힘든 과정을 겪으며 도산은 필리핀에 가서 교민들과 비밀리에 독립운동 방략을 협의하고 돌아오기도 한다.

나라 없는 민족의 외교관으로서 설움은 이루 말로 다 할 수 없었다.

김동환 시인이 1948년 6월『삼천리』에「도산은 선지자 예레미야」제하로 기고한 글을 봐도 그렇다.

동서의 역사를 보면 언어 빼앗긴 민족, 성씨 빼앗긴 민족도 수두룩하였고 종주국의 전쟁에 병사가 되어 목숨을 바친 민족도 수두룩하였소. 문제는 우리 민족의 대부대가 어떻게 살아나가느냐 함에 있소. 때리면 맞고, 쫓으면 쫓기고, 그러면서도 우리 동포 대다수가 살아나가도록 하여야 할 것이요.

광복된 지 75년이 지난 오늘날 우리 여권의 신뢰도는 세계 최고 수준이다. 대한민국 여권을 들고 있으면 세계 어디를 가도 무비자 입국을 허용해주는 나라도 많고 입국심사도 간편하다. 심지어 대한민국 여권은 미국이나 유럽 선진국보다 신뢰도가 더 높다

글로벌 시대 경제역군이자 민간외교관인 250만 재외국민과 750만 해외동포가 이제는 설움 받지 않아도 되는 시대가 열렸다.

도산 안창호의 자녀 3남 2녀 중 왼쪽에서부터 막내아들 안랠프(한국명 안필영),
장남 안필립, 장녀 안수산. 사진 제공: 독립기념관

형편없는 아버지

요즘엔 가정과 일터의 조화가 무엇보다 중요한 시대가 되었다.

도산이 살았던 구한말에는 어땠을까?

아무리 가부장적이고 유교적 사고가 지배적인 시대였지만 도산 역시 5남매의 가장으로서 평생 가족에 대한 미안함과 죄스러움 속에서 살았던 것으로 보인다.

도산은 24세 나이로 미국 유학길에 오르는데 이혜련 여사와 결혼 다음 날 제물포항을 떠나 캘리포니아에 도착한 것은 1902년 10월이었다. 흥사단 단원 지원서에 보면 교육행정을 배우기 위해 미국에 왔다고 적혀있는데 도산은 풍전등화 같은 조국의 현실 앞에 4년 반 뒤인 1907년 가족을 남겨 두고 홀로 귀국을 결심한다.

이후 중국과 미국을 오가며 독립운동을 펼치던 도산은 1932년 4월 29일 윤봉길 의거가 있던 날, 일본 경찰에 붙잡혀 인천을 거쳐 서울로 압송된다. 도산은 4년 실형을 받아 서대문, 대전 감옥에서 복역한다. 1935년 대전 감옥에서 2년 반 만에 가출옥하지만 1937년 동우회 사건으로 흥사단 동지들과 체포되어 다시 서대문형무소에 수감된다. 1937년 12월 24일 서대문형무소에서 병보석으로 석방되었으나 이듬해 3월 10일 그토록 원했던 독립을 보지 못한 채 경성대학 부속병원에서 간경화증으로 세상을 떠난다.

도산은 세상을 떠날 때까지 가장으로서 한 번도 가족을 제대로 돌본 적이 없다. 간헐적으로 도미해 가족과 재회하지만, 미국 전역을 순회하거나 멕시코 유카탄까지 가서 어려운 동포들의 생활을 살피고 단합시키느라, 가족과 오랜 시간을 보낸 적이 없었다. 도산은 가족도 잊은 채 평생 구국광복을 위한 조직 만들기에 여념이 없었다.

도산이 이혜련 여사에게 보낸 서한에 보면 이러한 도산의 고뇌가 고스란히 묻어난다.

"세상이 다 나를 웃고 처자가 원망하더라도 내가 붙잡은 일을 차마 버릴 수 없소이다"

장리욱 선생의 회고록에도 1926년 봄 가족을 두고 상하이로 떠나는 도산의 심경이 기록되어 있다.

"나는 평생 당신에게 치마 한 감, 저고리 한 벌 사줘 보지 못한 남편이오. 저 어린아이들에게도 연필 한 자루, 공책 한 권도 사줘 본 일이 없습니다. 부족한 아비입니다. 성의가 없었던 것은 아니나 여러 가지 사정으로 그랬는데 여간 죄스럽지 않습니다"

삯바느질과 세탁일로 홀로 5남매를 키웠던 이혜련 여사가 도산에 보낸 편지에서도 송금한 돈을 잘 받았는지 되묻는 대목이 종종 나온다. 도산 서거 이틀 전에 보냈으나 받아보지 못한 마지막 편지에서도 치료비로 송금한 400달러를 잘 받았는지 궁금하다는 구절이 있어 마음을 애잔하게 한다.

장녀 수산은 아버지 도산을 이렇게 평가했다.

My father was a great man, but a terrible father. (아버지는 위대한 사람이었지만, 자식에게는 형편없는 아버지였습니다)

11살의 어린 나이에 도산과 생이별한 수산은 아버지가 왜 떠났고 아버지가 누구였는지 알고 싶어 그녀의 이야기를 책으로 담겠다는 제안을 받아들인다. 그것은 한국인 아버지를 찾아서, 아니

도산 안창호 선생 가족사진. (앞줄 왼쪽부터) 안필선, 안수산, 안필립, (뒷줄 왼쪽부터) 이혜련 여사, 안수라, 도산 안창호. 막내 안필영(미국명 랠프)은 태어나기 전이라 사진에서 빠져있다. 사진 제공: 독립기념관

자신을 찾아 나선 여정이나 다름없었다. 결국 책 이름은 『버드나무 그늘』로 지어졌다. 평생 떨어져 살았지만 자신의 삶이 아버지 도산과 뗄 수 없는 것이었다는 자각에서였을 것이다.

도산은 1914년 8월 15일 캘리포니아 사크라멘토를 지나던 길에 이혜련 여사가 보내온 연꽃을 받고 이렇게 적는다.

"옛날 평양 장대제에서 혜련이 보낸 오렌지 꽃을 받던 감상이 더욱 생각납니다. 나는 꽃보다 그 보낸 마음을 사랑하여 꽃을 품에 두었소이다"

도산은 이처럼 아내를 사랑하는 마음을 정감 넘치게, 다소 낭만적으로 편지를 써서 보냈다. 그런데 이와는 정반대로 세상을 떠나기 4년 반 전 대전 형무소에서 이혜련 여사에게 보낸 편지에는 마치 유언과도 같은 비장함이 담겨 있다.

"7년 전 미주에서 떠날 때 이번 작별은 무슨 작별이라는 것을 기억하겠지요. 그런 즉 당신은 그리 놀라거나 슬퍼하거나 할 것 없이 탄평한 마음으로 자녀들을 교양함에 전심하소서"

랠프 안 선생

이혜련 여사는 1926년 2월 샌프란시스코항에서 상해로 떠나는 도산을 마지막 배웅했다.

뱃속에는 막내아들 랠프^{한국 본명 필영}가 있었지만 떠나는 남편을 붙잡고 차마 가슴속 얘기를 터놓을 수 없었다.

상하이에 도착한 도산도 아내가 임신했다는 사실을 뒤늦게 알아채고는 랠프가 태어나기 1주일 전인 1926년 9월 22일 자 편지에 이렇게 적고 있다.

"당신이 태기가 있는 것을 아이들한테 무어라 말할지 염치가 없소만 남자아이면 필영, 여자면 수경이가 좋을듯하나 당신이 합당치 않으면 마음대로 지어주소서"

1907년 도산이 가족을 떠나 귀국을 결심했을 때 장남 필립은 불과 두 살이었다. 그런 필립이 이제 어엿한 스물한 살의 청년이 되었고 자신의 나이도 이제 40대 중반에 접어들었다. 도산은 늦둥이를 보게 되는 것을 쑥스러워하면서도 어디까지나 아내의 의견을 존중하는 모습이다. 아버지로서 옆에 있지 못한 미안함이 컸는지 그 이후 옥중 편지에서도 랠프에 대한 이야기는 좀처럼 볼 수 없다. 이혜련 여사 역시 남편이 미안한 마음이 들지 않도록 막내아들 랠프에 관한 이야기를 삼간다.

도산의 편지에서 자녀에 대한 언급은 대부분 장남 필립이나 장녀 수산의 혼사 문제를 걱정하거나 자녀교육에 있어 흥사단 정신을 강조하는 대목들이 주를 이룬다.

"미주 동포사회에 혼인의 문이 넓지 못한 바 실제로 혼처를 구하기가 곤란할 것입니다. 특별한 사람을 구하기보다는 직분을 존중하고 직업을 사랑하는 건실한 사람을 선택할 수 있도록 지도하여 주시오"

막내아들 랠프는 아버지 도산을 보지 못했다. 1962년 이혜련 여사와 함께 고국 방문이 허가되어 망우리 공동묘지를 방문해서야 비로소 영면해 있는 아버지를 뵐 수 있었다. 랠프가 유복자로 세상에 태어난 지 36년, 이혜련 여사가 신랑 도산을 따라 캘리포니아에 온 지 꼭 60년 만의 일이었다.

이렇게 귀국이 늦었던 데에는 부끄러운 정치사가 숨어있다. 미주에서 독립운동은 우남 이승만의 동지회와 도산 안창호의 국민회가 쌍축을 이루었다. 그런데 광복 후 이승만 대통령이 집권하면서 도산 가족은 물론 도산을 추종했던 독립투사들은 정부 요직은 커녕 대한민국 입국 자체가 불허된다.

이혜련 여사와 랠프가 모국을 찾아 말로만 듣던 아버지 묘소를 찾을 수 있었던 것은 1962년이 되어서였다.

도산은 3·1 운동 직후인 1919년 6월 상하이에서 행한 '세계의 시운이 대한의 독립을 요구합니다'라는 연설에서 "살아서 독립의 영광을 보려 하지 말고 죽어서 독립의 거름이 됩시다. '독립을 아니 보리'라는 결심이 있어야 독립을 볼 수 있을 것이오"라고 역설했다.

그러나 도산은 독립을 보지 못하고 조국 광복 7년 전인 1938년 3월 서대문형무소에서 출옥하자마자 경성의대병원에서 세상을 떠난다.

독립을 아니 보리라는 결심으로 목숨 바쳐 싸웠던 대한인국민회와 흥사단 출신 동지들 역시 그토록 염원하던 봄은 왔건만 끝내 고국 땅을 밟는 영광이 허락되지 않았다.

2019년 임시정부 수립 100주년을 맞아 LA에서는 대대적인 기념 행사가 개최되었다.

뜻 있는 분들의 후원으로 뮤지컬 「도산」이 창작되어 초연되었는데 유복자 랠프 선생은 94년 전 샌프란시스코항에서 아버지 도산과 어머니 이혜련 여사가 말 없이 작별하는 장면에서 끝내 눈시울을 적셨다.

『도산의 향기, 백 년이 지나도 그대로』의 저자 윤병욱 박사는 랠프가 1962년 도산이 묻혀있던 망우리 공동묘지를 방문했을 때 어머니 곁에서 울음을 참지 못하던 모습을 기록하고 있다. 유복자로서 자신이나 아버지 도산에 대한 생각보다도 평생 5남매를 홀로 키워온 어머니 이혜련 여사에 대한 자식으로서 미안함과 고마움에서였을 것이다.

랠프는 95세의 나이에도 불구하고 학창시절 미식축구 선수로 단련된 강인한 체격과 근면함으로 아직도 청소년들에게 1주일에 두 번씩 체조와 호흡법을 가르치고 있다.

아버지가 평생을 바쳐 일구고 닦았던 흥사단과 대한인국민회

연례행사에도 참석해서 과거 영화배우답게 멋진 즉석 연설로 차세대 한인 청소년들의 심금을 울리기도 하고, 행사장에서 누구를 봐도 먼저 다가와서 웃는 모습으로 인사를 건넨다.

  랠프 안은 아버지 도산과는 생면부지이지만 도산의 유지를 받들어 어디에 살든지 정직하고 근면한 사람으로 살아가는 멋진 노신사다.

흥사단 운동

"네가 꽃을 사랑하느냐, 하거든 뿌리를 심으라"

도산이 서거한 7개월 뒤인 1938년 10월 미주흥사단위원부 단보에 실린 유훈 12계명 가운데 제1계명이다.

시적인 감흥까지 자아내는 첫 구절은 후미에 무시무시한 행동강령으로 이어진다. 힘의 근원인 건전한 인격과 신성한 단결을 위해 네 몸을 희생하라.

1929년 2월 상해에서 보낸 '미국에 사는 동지 여러분께'라는 서한에서도 도산은 구국광복이 혁명의 대업이며, 흥사단은 자질을 갖춘 투사를 기르고자 하는 혁명훈련단체임을 재확인하고 있다.

흥사단 모임(1960년 로스엔젤레스). 사진 제공: 독립기념관

흥사단 단우와의 일문일답에서도 도산은 "진리는 반드시 따르
는 자가 있고 정의는 반드시 이룰 날이 있다"라고 말하며 나라를
살리려거든 핵심 혁명분자로서 뿌리가 되라고 주문한다.

이러한 흥사단 정신은 어떻게 생겨난 것일까?

대한제국은 1904년 2월 러일전쟁이 발발하자 어떻게든 안위를
지켜보고자 재빠르게 중립을 선언한다. 하지만 불과 2주 만에 무
기력하게 일제의 요구대로 1차 한일의정서에 서명하고 만다.

급기야 의정서 4조에 있는 편의 제공 의무에 따라 중립 선언은
물거품이 되고, 구 일본제국군은 안방처럼 조선의 군사 요새를 드
나들며 러일전쟁을 승리로 이끈다.

청일전쟁의 소용돌이 속에서 불과 16살의 어린 나이로 약소민
족의 슬픈 운명을 목도한 도산은 일찍이 교육을 통한 민족자강운
동에 눈을 뜬다.

조병옥 선생은 『나의 회고록』에서 이렇게 적고 있다.

"독립방략으로서 흥사단 운동이야말로 원대한 방향이요
행해야 할 것임을 깨닫고 나는 흥사단에 입단했다. 나라의
주체가 없는데 외교를 어떻게 하고 설 땅이 없는데 어떻게

군대를 양성할 수 있겠습니까?"

흥사단 운동이 시작된 지 어언 120년이 되었다.

이제는 우리에게 설 땅이 있고 물질적인 측면에서 볼 때 우리 스스로를 지킬 군사력도 있다.

이제는 어떻게 민족을 구원할까가 아니라 어떻게 분단을 극복하느냐가 시대적 과업이 되고 있다.

이곳 미주에서 발현한 흥사단 운동은 미주한인사회를 단합시키는 한편 2천만 조선인의 정신운동과 물질운동으로 이어져 시대정신을 선도했다.

"앞으로도 독립운동을 계속할 작정인가?"라는 마쯔무라 검사의 물음에 "나는 밥을 먹어도 잠을 자도 조선의 독립을 위하여 먹고 잤으니"라고 답하며 뜻을 굽히지 않았던 도산의 메아리는 오늘도 미주흥사단 청년단우를 통해 쟁쟁하게 울려 퍼지고 있다.

구국 광복을 위한 혁명단체로서 흥사단 정신은 이제 250만 동포사회 단합의 자양분이자 조국 통일을 꽃피울 뿌리로 승화되고 있다.

대한인국민회 다락방 유물

상해 임시정부가 세워진 것은 1919년 4월이다. 그런데 이보다 10년 앞서 태평양 너머에 독립운동 단체가 창설된다. 바로 1909년 2월 북미에 창설된 국민회다.

국민회는 바로 1년 전인 1908년에 일어난 장인환·전명운 의사의 스티븐스 저격 사건을 계기로 창설된다. 장인환·전명운 의사는 "일본이 한국을 보호한 후에 한국에 유익한 일이 많이 생겼다"라는 망언을 서슴지 않는 대한제국의 친일파 외교고문 스티븐스를 미국 샌프란시스코 페리 부두 정거장에서 처단했다. 그해 박용만·이승만 등의 주도 아래 하와이에 창립된 한인합성협회와, 1905년 안창호·이대위 등이 주도해 캘리포니아에 결성된 공립협회가 통합을 결의하면서 국민회가 창설된다.

국민회는 이듬해인 1910년 2월 장인환·전명운 의사 재판지원을 담당하던 대동보국회와 통합해 대한인국민회로 거듭난다. 대한인국민회는 샌프란시스코에 있는 중앙총회를 중심으로 북미·하와이·멕시코·시베리아·만주 등 5개 지역에 지방총회와 그 산하에 116개소의 지방회를 두어 해외독립운동의 사령탑 역할을 수행한다. 마치 오늘날 정부가 해외 각지에 대사관과 영사관을 두어 외교 사무와 영사 업무를 처리하는 것과 같았다.

3·1 독립운동이 일어나자 대한인국민회는 상해 임시정부 수립과 청사 마련을 위해 지원을 아끼지 않는다. 임시정부 국체를 당시로서는 가히 혁명적이라 할 수 있는 민주공화정으로 정한 가운데 독립의연금을 모아 상해로 송금했다. 그 액수는 임시정부 재정의 절반 이상에 해당하는 것이었다. 해외에서 그렇게 할 수 있었던 것은 그 중심에 대한인국민회가 있었기 때문이다.

오렌지 한 개도 애국하는 마음으로 따며 똘똘 뭉쳤던 수천 명의 미주한인들이 지도상에서 사라진 조국을 그리워하며 대한독립을 위해 일어섰던 것이다.

LA에 부임해서 구한말 하와이를 거쳐 캘리포니아에 재정착한 초기 이민 선조들의 발자취를 더듬어 볼 수 있었던 것은 나에게 큰 행운이었다.

DEDICATION CEREMONIES NEW K.N.A. BLDG. LOS ANGELES CALIF. APR.17,'38.

대한인국민회 총회관 낙성식(1938. 4. 17.) 기념사진으로 당시 총회관 건립위원장은 송헌주 선생이었다.
사진 제공: 독립기념관

2003년 LA 동포사회가 뜻을 모아 대한인국민회 총회관 건물에 대한 역사적 고증 작업과 건물 복원공사를 하던 중에 발견된 유물은 두말할 나위 없는 소중한 것이었다. 독립운동 당시의 상황을 짐작할 수 있는 귀중한 자료가 총회관 복원공사를 하던 중 지붕 모퉁이에서 1세기 만에 밀봉된 채 발견된 것이다. 자료는 샌프란시스코 페리 부두 정거장에서 대한제국의 친일파 외교 고문 스티븐스를 저격한 장인환·전명운 의사 재판지원 서류, 임시정부 재정으로 쓰인 독립의연금과 애국 공채 기부자 명단, 상해 임시정부와의 교신 문서, 이민 초기 한글 교과서와 태극기 등 총 6,700여 점에 달했다.

1백여 년 전 한인들의 독립운동을 짐작할 수 있는 물품들이 발견됨으로써 동포사회는 뜨거운 감동의 물결로 출렁거렸다.

그런데 문제는 소유권 공방이었다. 미주 동포사회는 유물이 미주한인 이민사의 일부로서 캘리포니아에 남아있길 원했다. 그런데 발견된 지 17년이란 세월이 흐르는 동안 이를 함께 고민해야 할 동포사회가 두 편으로 갈라져 법적 공방이 계속되는 바람에 안타깝게도 상당수 유물들이 산소에 노출되어 부식이 가속화되어 가고 있었다.

캘리포니아주 법원이 유물 보존과 처리 권한을 동포사회 원로로 구성된 4인위원회에 위임하고 99년간 국외반출금지 명령을 내린 상태였기 때문에 총영사관도 국내 유물이관을 입 밖으로 꺼내기조차 어려운 상황이었다.

4인위원회 입장이 둘로 갈라져 첨예하게 대립하는 가운데 한 가닥 기대를 걸 수 있는 협상의 단추는 역시 "독립운동의 귀중한 사료가 더는 부식되어 사라지는 일이 있어선 안 된다"라는 같은 한인으로서의 역사적 소명의식이었다.

결국, 주 법원의 판결에 따라 유물은 우선 남가주대학교로 보내 전자문서화 작업을 진행했다. 그러는 동안에 4인위원회와 독립기념관 간에 2019년 9월 4일 역사적 합의가 이뤄졌다. 지난 2년간 수십 차례에 걸쳐 합의문 수정작업이 이뤄진 끝에 얻어낸 결실로 모국 정부도 동포사회의 염원을 대폭 수용하게 되었다.

캘리포니아주 법원의 결정을 존중해 이관이 아닌 임대 방식으로 하되, 언젠가 동포사회 내에 항온·항습 시설을 갖춘 독립기념관 수준의 이민사 박물관이 건립되어 보존 여건이 성숙되면 반환한다는 조건이 붙었다. 만일 이에 대해 양방 간에 법적 분쟁이 생길 경우 캘리포니아 법원을 재판 관할권으로 한다는 파격적인 단서 조항도 추가되었다.

발견된 자료 중 81건은 독립기념관이 광복 75주년 기념 대한인국민회 자료 특별전 '다락방 유물, 다시 빛을 보다'라는 주제로

2020년 8월 15일부터 11월 22일까지 특별기획전시와 홈페이지 영상을 통해 국민들에게 선보였다.

사상 유례없는 대국적 결단을 내려주신 독립기념관 이준식 관장님과 권영신 대한인국민회기념재단 이사장, 최형호 나성교회 장로, 정영조 흥사단 미주위원부 위원장, 변홍진 선데이저널 편집국장 등 4인위원회 위원께 감사드린다.

합의 문안 작성에 애써주신 서동성 변호사, 귀중한 사료의 전자문서화를 위해 심혈을 기울여주신 남가주대학 켄 클라인 도서관장과 조이 김 교수님께도 심심한 사의를 표한다.

유물의 한국행을 계기로 이역만리 미주지역에서 대한독립을 위해 헌신했던 미주한인 독립지사들의 숨결이 귀중한 독립운동 사료로 되살아나길 기도한다.

대한인국민회 이관자료 공개행사 모습

파차파 캠프

"나는 여러분의 머리가 되려 하지 않습니다. 여러분을 섬기러 왔습니다"

1919년 5월 26일 상해에서 열린 동포환영회에서 도산이 건넨 첫 인사말이었다. 이날은 임시정부가 출범한 지 갓 한 달여가 되는 날이기도 했다. 바로 전날 도산은 미주 동포사회에서 모은 8만 불이 넘는 독립운동 자금을 가지고 상해에 도착했다.

"우리는 무엇을 희생하더라도 여기 이 정부를 영광스런 정부로 만들어야 합니다. 나는 여러분의 머리가 되려 하지 않습니다. 여러분을 섬기러 왔습니다. 망국민의 자격에서 벗어나 독립된 국민의 자격을 갖추어야 하겠습니다. 대한 사람 하나도 남김없이 모두 같이 일할 뿐이올시다"

도산은 임시정부 요인 임명에서도 이를 실천에 옮긴다.

도산은 미주에서 모금 활동을 벌여 임시정부가 운영될 수 있는 재정적 토대를 구축한 공로가 있음에도 불구하고 내무총장 임명을 사양하고 총리로 이승만을 추천한 한성정부안 채택을 관철시킨다. 25,000달러로 프랑스 조계 하비로에 임시정부 청사를 세우고 그를 열성적으로 지지하는 소장파를 설득한 결과였다.

이러한 도산의 서비스 리더십은 어디에서 비롯된 것일까?

도산의 철학은 한마디로 교육을 통한 부국자강에 있었다. 나라를 되찾는 일은 나라를 빼앗긴 상태에서도 자생력을 가진 민주시민을 양성하는 데서 출발해야 한다는 신념으로 LA 동쪽 리버사이드에 조성된 미 본토 최초의 한인타운 파차파 캠프에서 이를 실행에 옮겼다.

1908년 산본 맥스라는 보험사 지적도에 한인 집성촌으로 표기된 파차파 캠프는 하와이 사탕수수 농장에서 건너온 초기 한인 노동자들에게 새로운 보금자리를 제공했다. 도산 가족도 1904년 3월부터 샌프란시스코에서 옮겨와 살게 되었는데 파차파 캠프는 당시 하와이에서 샌프란시스코를 거쳐 본토로 들어오는 한인들

오렌지 농장에서 일하고 있는 도산 안창호. '오렌지 한 개를 따더라도 애국하는 마음으로 해야 한다'고 강조했다. 사진 제공: 독립기념관

을 위한 이민 루트나 다름없었다.

1905년 4월 도산의 리더십 아래 캘리포니아에서 결성된 공립협회는 하와이에서 들어오는 한인들이 입국심사에서 불합격되어 하와이로 되돌아가는 일이 없도록 건강진단서 발급 등 후견인 역할을 했다. 또한 초기 이민자들이 무사히 캘리포니아에 도착한 이후부터는 직업소개소를 세워 오렌지 농장이나 광산, 철도 공사장 등의 일자리를 알선했다. 그런가 하면 밤에는 영어 강습소를 열어 현지 정착을 도왔다.

당시 자치회 기록을 보면 공립협회는 한인들끼리 서로 싸우거나 규칙을 어길 경우 벌금형을 내릴 정도로 준사법적 자치기관 역할까지 수행했다. 이처럼 파차파 캠프는 도산의 서비스 리더십이 잉태한 곳이라고 할 수 있다. 구국광복을 위해서는 무엇보다 모두가 몸을 바치고 피를 흘릴 각오가 되어 있어야 하고, 그 위에 단합된 단체를 설립해 교육을 하고 자본을 모아야 한다는 도산 사상이 싹튼 곳이기 때문이다.

도산 서거 3주기인 1940년 3월 10일 자 『신한민보』는 도산 리더십에 대해 이렇게 평하고 있다.

선생은 일찍이 우리와 같이 중가주 다뉴바에서 포도를 따고 리버사이드에서 오렌지를 땄으며, 땅도 파고 채소 장

북미총회. 미국 캘리포니아주 리버사이드에 있던 '최초의 한인촌' 파차파 캠프를 배경으로 한인들이 정장 차림으로 기념사진을 찍고 있다. 사진출처: USC Korean American Digital Archive

사도 하였습니다. … 광복 운동은 본래 민중역량 요구에 있고 민중의 역량을 요구하려면 먼저 민중의 사정을 아는 데 있습니다. 도산이 훌륭한 지도자인 것은 그가 일상생활 속에서 입는 옷과 먹는 밥과 하는 일이 동포들과 같았고 그들과 고락을 같이했다는 데 있습니다"

도산은 1907년 국내로 돌아와 비밀결사인 신민회를 조직했을 때도 본부 격인 신민회 중앙총회를 이곳 파차파 캠프에 두었다. 이는 파차파 캠프가 조직원 명부나 독립자금을 관리·보관하는 데 있어서 일제의 눈을 피할 수 있는 이점이 컸기 때문이었다.

그러나, 신민회를 중심으로 한 국내에서의 민중자강 개혁운동은 1909년 10월 26일 하얼빈에서 일어난 안중근 의사의 이토 히로부미 저격 사건을 계기로 간부들이 구속되는 바람에 여의치 않게 된다. 도산도 평양에서 압송되어 투옥되었다. 영등포 구치소에서 첫 옥살이를 마치고 나온 도산은 이후 중국 청도로 망명길에 오른다.

2017년 3월 캘리포니아 리버사이드 시는 미국 본토 최초의 한인타운 파차파 캠프를 문화 사적지로 지정했다.

파차파 캠프가 도산 정신의 잉태지이자 미주 독립운동의 메카로서 길이 보존될 수 있는 기틀이 마련되어 다행이 아닐 수 없다.

뮤지컬 「도산」과 홍명기

뮤지컬 「도산」이 전 세계에서 처음으로 무대에 올랐다.

3·1 독립운동 100돌을 맞아 인랜드 한인회와 뜻있는 동포들의 후원으로 당시 파차파 캠프가 있었던 이곳 캘리포니아 리버사이드에서 공연되었다.

뮤지컬 「도산」은 극본부터 음악과 영상에 이르기까지 동포 예술인들에 의해 창작되었는데 19세의 청년 도산이 1898년 7월 어느 날 평양 쾌재정에서 연설하는 장면을 시작으로 무대의 막이 오른다.

독립협회 관서지부가 개최한 만민공동회 행사였는데 도산은 즉

석에서 정부 고관대작의 실정을 규탄하고 민중의 자각을 호소하며 관중으로부터 우레와 같은 박수갈채를 받는다. 이를 계기로 안창호의 명성도 전국적으로 알려지게 된다. 이어 이혜련 여사와의 만남과 미국 유학, 리버사이드 오렌지 농장에서의 고된 일화와 공립협회 활동, 국민회와 흥사단 창단, 샌프란시스코항에서 이혜련 여사와 마지막 헤어지는 찡한 장면, 윤봉길 의사 의거로 투옥되어 재판정에 선 순간, 서대문형무소에서 병보석으로 풀려나 눈을 감는 순간까지 파란만장한 도산의 일대기가 그려졌다.

고무적인 것은 미국에서 태어나 도산이 누구인지 모르고 자란 한인 2세 학생들의 호응이 대단했다는 점이다. 리버사이드에 이어, LA에서도 뮤지컬이 연달아 무대에 오르는데 특히 민상호 씨가 회장을 맡고 있는 미주흥사단 LA지부가 청년 단우를 홍보대사로 임명하고 오렌지 펀드까지 만들어서 개최한 아벨극장 공연은 분위기가 한껏 무르익었다. 오렌지 한 개를 따더라도 애국하는 마음으로 따면서 똘똘 뭉쳤던 당시 이민 선조들의 마음이 오렌지 펀드를 통해 재현되면서 80만 동포사회가 후끈 달아올랐다.

이처럼 뮤지컬 「도산」이 미주동포들의 심금을 울리고 동포사회 통합과 화합의 횃불로 타오를 수 있었던 것은 평생 동포사회 사이에서 도산 정신 계승과 차세대 뿌리 교육에 힘써온 홍명기 회장이 있었기 때문이다. 6·25 전쟁이 끝나고 유학 차 미국으로 건너와 사업가로 성공한 그는 대한인국민회 총회관 복원공사를 총

괄하고 흥사단 재건에 힘쓰는 등 동포사회 숙원사업 해결을 위해
애써왔다.

미주 도산기념사업회를 맡아 2001년 리버사이드 시내 한복판에
도산 선생 동상을 세우고 차세대 도산정신 수련 프로그램을 운영
해온 것도 그 일부다. 또한, 그는 캘리포니아 리버사이드 대학 내
에 2차 대전과 한국전쟁의 영웅 김영옥을 기리는 김영옥 재미동
포연구소를 설립하고 남가주한국학원 재건 등을 위해 평생 동안
3천만 달러가 넘는 돈을 기부해오는 등 동포사회에 대한 애정이
뜨겁다.

오랫동안 별개로 활동해 왔던 미주 도산 관련 단체 간의 화해와
통합 역시 그의 리더십이 발로한 결과였다. 2019년 11월 9일 도산
의 날 제정 1주년 기념식을 계기로 홍 회장이 후원하고 있는 미주
도산기념사업회와 미주흥사단 LA지부, 대한인국민회가 사상 처
음으로 기념행사를 공동개최한 것이다.

도산은 1923년 1월 23일 임시정부의 노선 갈등을 봉합하고, 통
합된 독립운동방략 마련을 위해 소집된 상해 국민대표회의 개회
식에 참석해 다음과 같이 힘주어 말한다.

"통일의 유일한 방법은 이번 회의가 원만하게 끝나는 데
있습니다. 회의에 모인 대표자 백 명이 잘 합치면 2천만이

통일되고 독립을 완성할 기초가 확실히 세워지게 될 것입니다. 혁명 사업은 한민족이 죽고 사는 문제입니다"

뮤지컬 「도산」의 LA 공연을 계기로 도산의 통합과 혁명 정신이 세대를 넘어 미주 동포사회에 잔잔히 울려 퍼지고 있다.

뮤지컬 「도산」. 사진 제공: 독립기념관

'도산 안창호의 날' 제정

　도산은 '우리 민족이 세계에서 일등 가는 민족이 될 수 있다'는 신념으로 역사의 도전에 맞섰다.

　1898년 19세의 나이에 독립협회에 가입한 도산은 10년 뒤 국내에서 비밀결사인 신민회를 결성한다.

　이어 캘리포니아에서도 해외 최초의 독립단체인 공립협회와 대한인국민회, 구국혁명 단체인 흥사단을 연이어 창단한다. 그리고 3·1 독립운동 이듬해 상해임시정부가 수립되자 모든 조직을 총동원해 임시정부 성공을 위해 헌신한다. 이처럼 독립운동 조직 만들기에 평생을 바친 도산은 또 하나의 과업으로서 교육을 통한 인재 양성에 힘쓴다.

독립협회 활동이 어려워지자 고향 평안남도 강서군 동진면에 점진학교를 세우고, 신민회 동지들의 도움을 받아 평양에 대성학교를 설립한다. 그리고 『공립신보』와 『신한민보』를 통해 국민계몽과 국권회복 운동에 매진한다.

국권회복은 주인정신을 통한 자아혁신, 사회와 국가 개혁운동에서 출발해야 하고 그렇게 하기 위해서는 교육이 중요하다는 신념에서였다. 이곳 캘리포니아에서도 도산이 현지 미국인들에게 존경받는 이민사회 지도자이자 참된 민주주의자, 민권 운동가로 인정받는 뜻깊은 일이 생겼다.

2018년 여름 한국계인 스티븐 최를 비롯 샤론 쿼크 실바, 짐 패터슨 등 주 하원의원이 공동발의한 '도산 안창호의 날'이 캘리포니아 주의회에서 공식 선포된 것이다. 주 상하원 양원에서 만장일치로 결의안이 통과되어 앞으로는 해마다 정식 심의를 거치지 않더라도 도산 탄신일인 11월 9일을 도산 안창호의 날로 영구히 기념하게 된다.

주의회는 결의안을 통해 도산은 한국인에게 인도의 마하트마 간디와 같은 존재라고 칭송하면서 1902년에 캘리포니아로 건너와 초창기 한인 커뮤니티의 성공적인 정착에도 크게 기여했다고 평가했다.

캘리포니아 주의회가 상하원 합동 결의안 형식으로 외국인인 도산 탄생일을 영구히 캘리포니아 기념일로 지정한 것은 역사상 유례가 없는 일이다.

이를 계기로 한국과 캘리포니아 사이에 역사적 교감이 보다 더 깊어지고 인적·물적 교류가 심화되는 기틀이 마련된 것 같아 반갑기 그지없다.

제1회 '도산 안창호의 날' 기념식

"한미동맹이 진정한 가치 동맹으로 우뚝 서려면 첫 단추는 한국전쟁 참전을 자유와 민주주의 수호를 위한 미국 역사의 일부로 가르치는 일이 되어야 하지 않을까요? 현재는 사회과 교과서 세계역사 편에서 한국전쟁을 동서냉전의 맥락으로 고작 1~2페이지 가량 남의 역사처럼 가르치고 있는데 이는 수백만 명의 미군 참전자와 수만 명의 미군 희생자를 부정하는 일입니다"

역사의
아이러니

한미동맹은 진화한다?

한미동맹은 대한민국 자유민주주의의 파수꾼이다.

한미동맹을 부정하거나 훼손하려는 시도는 국내적으로 불온시되고 금기로 여겨져 왔다.

역사적으로는 어떠할까?

순수하게 한국 입장에서 보면 우리는 크게 세 번에 걸쳐 미국 외교정책의 찬밥 신세가 되었다.

첫 번째는 1882년에 체결된 조미수호통상조약이다. 일본은 군사력을 동원해 조선을 압박함으로써 강화도 조약이 체결된다.

이에 위협을 느낀 조선은 청나라의 중개로 미국과 서둘러 조약을 체결한다.

문호를 개방하면서 치외법권까지 인정하는 불평등조약이었지만 조선 입장에서 보면 외부 침략에 대해 상호원조 의무라는 안전판 도입을 성사시킨 최초의 동맹조약이었다.

하지만 조미수호통상조약은 메이지 유신으로 아시아의 맹주가 된 일본의 한반도 침입 앞에 무용지물이 되고 만다. 조선 땅에서 벌어진 청일전쟁과 러일전쟁 발발에 아무런 안전판으로 작동되지 못한 것이다.

일제는 청일·러일전쟁을 연달아 승전으로 이끌면서 서구열강을 놀라게 한다. 이어 1905년 필리핀과 대한제국의 지배를 상호 인정한다는 내용을 골자로 하는 가쓰라-태프트 밀약을 미국과 체결한다. 이로써 조선의 역사는 달라지고 만다. 미국과의 밀약으로 필리핀과 한반도에서의 독점적 지배권을 교차 승인받은 일제는 한반도 식민화의 길로 거침없이 질주한다.

미국은 2차 대전 종전 이후에도 유엔 승인 하에 대한민국 정부 수립을 뒷받침하지만 17개월 뒤인 1950년 1월 극동 방위선인 소위 애치슨 라인에서 한국과 대만을 제외시키고 미군을 철수시킴으로써 6·25 전쟁의 도화선을 제공한다.

조미수호통상조약에 이어 두 번째 한미동맹, 즉 한미상호방위조약은 이러한 역사적 배경에서 비롯된다.

미국은 1951년 9월 샌프란시스코 평화조약 체결 직후 일본과 미일 안보조약에 서명하지만 한국과 동맹조약은 2년 뒤인 1953년 10월이 되어서야 체결한다. 이는 한국전쟁에서 예상 밖의 큰 희생을 치른 미국이 정전협정을 조기에 성사시키고 일본·필리핀 등 해양도서 중심의 방어선 전략으로 후퇴를 저울질하면서였다.

결국, 이승만 대통령은 거제도 포로수용소에 억류되어 있던 27,000명의 반공포로 석방 카드까지 꺼내 들면서 한미상호방위조약 체결을 압박해낸다. 미국과의 동맹조약 없이는 한반도에 또다시 전쟁이 일어날 것을 우려한 이승만 대통령의 벼랑 끝 외교 산물이었던 셈이다.

한미동맹에 대한 미국 학계 입장은 어떨까?

언젠가 총영사관이 중고등 사회과 교사 40명을 초청한 가운데 캘리포니아 어바인 주립대와 공동으로 한국전쟁 워크숍을 한 적이 있다. 전후 미국 외교정책의 일부로서 한국전쟁을 되짚어보는 행사였는데 니콜 길버트슨 교수는 한미동맹 의의에 대해 이렇게 발제했다.

"한미동맹은 시대적으로 크게 세 번에 걸쳐 진화해왔지요. 먼저, 태평양 전쟁 시에는 일제를 한반도에서 축출하는 하나의 한반도 정책을 의미했다면, 6·25 전쟁 때에는 한국의 공산화 방지였고, 전쟁이 끝난 평화기에는 한반도 유사사태 방지와 안정화였습니다. 이는 한국전 말미에 트루먼 대통령이 '한 마디로 우리가 한국에서 하고 있는 일은 제3차 세계대전을 막는 일'이라고 쓴 자필 메모에서도 자명하게 나타나고 있습니다"

그런데 아쉽게도 트럼프 정부에서는 이러한 한미동맹의 근원적인 역할과 시대적 비전에 관심을 가지기보다는 '누가 비용을 더 많이 부담하느냐'라는 경제적이고 기술적 문제에 신경을 곤두세웠다. 이 때문에 주한미군의 지속적이고 안정적인 주둔 환경 조성에 대한 거시적 논의는 진전되지 못해 아쉬움을 남겼다.

참여정부 시절 미국은 주한미군의 범지역적 역할에 대한 우리 정부의 이해 내지는 동의를 얻어내려 했다. 중동이나 아시아 긴급사태 시 지역적 군사안보 전략상 주한미군을 한국에만 묶어둘 수 없는 소위 전략적 유연성 관점에서였다.

결국, 협상은 주한미군 주둔의 필요성을 서로 묵인하는 선에서 끝났다. 우리로서도 주한미군의 역할에 있어 주변 사태가 아닌 한반도 유사시 상황을 최우선으로 생각할 수밖에 없는 노릇이었다.

이는 한미동맹이 일방적·의존적 관계에서 실제로 진정한 파트너십 관계로 발전해 나가려면 많은 고민이 필요하다는 것을 얘기해주는 대목이다.

그간 주한미군은 북한의 도발 억제뿐만 아니라 남한의 북진이나 일회성 도발에 대한 과잉 대응을 견제하는 역할을 해왔다. 이 과정에서 전시작전통제권은 미국 입장에서 보면 언제나 중요한 안전판이 되어 왔다.

임진왜란과 정유재란 때에도 의병을 제외하면 사실상의 수륙전시작전통제권은 명군의 몫이었다. 이순신 장군 휘하의 수군은 예외로 치더라도 당시 조선은 유성룡 선생의 징비록에서도 여실히 보여지듯이 20만 군대의 식량과 전쟁물자 조달이라는 보조적역할에 머물러야 했다.

게다가 일본군에 비해 수적 우세인 상황에서도 명군은 휴전과 현상 유지 전략이라는 데에 방점이 찍힌 군사외교 전략에 따라 수수방관하는 자세를 취했다. 전쟁이 장기화되면서 민생이 피폐해지는 상황에서 조선은 이처럼 천하태평한 명의 모습에 분노하지만 어떻게 하질 못하는 입장이 되었다. 조선의 강토가 갈기갈기 찢기고 백성이 무참히 죽임을 당하고 있지만 싸울지 말지를 결정하는 전시작전통제권이 우리나라가 아닌 명에 주어져 있었던 근본적 이유 때문이었다.

이 점에서 실질적인 자주 국방을 담보로 정부가 전시작전통제권 조기 환수를 추진하는 것은 주권국가로서 당연한 일이라 할 수 있다. 더욱이 인공지능을 기반으로 하는 자율무기체계 등장으로 국제안보 지형이 근본적 변화를 맞고 있는 가운데, 한미동맹이 말로만이 아닌 쌍무적·포괄적 파트너 관계로 도약하려면 반드시 넘어야 할 도전 과제가 아닐 수 없다.

워크숍 말미에 나는 총영사로서 이렇게 마무리 인사를 했다.

"한미동맹이 진정한 가치 동맹으로 우뚝 서려면 첫 단추는 한국전쟁 참전을 자유와 민주주의 수호를 위한 미국 역사의 일부로 가르치는 일이 되어야 하지 않을까요? 현재는 사회과 교과서 세계역사 편에서 한국전쟁을 동서냉전의 맥락으로 고작 1~2페이지 가량 남의 역사처럼 가르치고 있는데 이는 수백만 명의 미군 참전자와 수만 명의 미군 희생자를 부정하는 일입니다"

한미동맹은 6·25 전쟁터에서 시작되어 지난 70여 년간 꽃피워 왔다.

이제 한미동맹은 한반도 유사시 방어를 넘어 한반도 평화와 통일을 지원하는 가치동맹으로 진화해 나가야 할 때다.

미주 동포사회 소망

"역대 미국 행정부의 북한 핵 개발 저지 노력은 모두 실패 했습니다"

총영사관이 랜드 연구소와 공동개최한 한미동맹 세미나에서 기조 연사로 나선 전직 미 국무부 한국과장의 말이다.

실패 원인으로는 두 가지를 들었다.

정책적 수단으로서 처음부터 무력을 사용하기 어려운 한반도 지정학적인 측면과 한미 양국 간 엇박자 정책이 그것이었다. 특히, 그는 후자의 대표적 사례로 김대중 정부 시절 부시 행정부의 '악의 축' 발언을 들었다. 이는 대북 문제에 관해 한국의 설 땅을 아예 부정해버림으로써 결국 동맹 간의 정책 공조를 처음부터 작동 불능에 빠지게 했다는 설명이었다.

그런가 하면 실패 원인을 한국 내부에서도 찾았다.

오랫동안 북핵 문제 해결 방식에 대한 합의 도출에 실패했다는 것이다. 특히 한국은 아시아에서 가장 민주화된 나라이지만 여야 간 극한 대립은 연방정부 셧다운을 경험한 미국 정치에 비할 바가 아니라고 말해 좌중이 웃음바다가 되는 장면까지 연출되었다.

2005년 ∩SC국가안전보장회의에서 실무자로 북핵문제와 동북아 정세를 담당할 때도 국내 상황은 엇비슷했다. 총력외교로 미국을 비롯 중국, 러시아, 일본 등 6자회담 관련국을 설득한 끝에 단계적이고 포괄적 해법을 담은 9·19 공동성명 합의안이 도출되었지만 결국 수포로 돌아가고 말았다. '일방적인 퍼주기' 논란 속에 북한의 불법 금융거래 의혹이 불거지면서 외교안보가 아닌 재무 당국 차원의 미국 제재가 발동되었기 때문이다. 결국 기본 합의안인 '행동 대 행동' 원칙 준수가 물 건너가고 이듬해 10월 북한은 이를 핑계로 전격 핵실험에 들어갔다.

예나 지금이나 상황은 마찬가지다. 연이은 남북 정상회담과 북미 정상회담 견인으로 한반도 평화프로세스 기반이 성숙되었지만 대북제재 유연성을 놓고 여야 간 대립과 갈등이 크다.

세미나에 참석한 전직 미군 합참 부의장은 이렇게 술회했다.

"중국은 한반도와의 오랜 역사적 관계를 바탕으로 적어도 1세대를 내다보는 안목을 갖고 미래의 한반도 지형을 바라보는 데 반해, 최근 미국 행정부에는 이러한 미래 비전을 그리는 사람이 없어 보입니다. 예컨대 지금은 20년 후 평화와 번영의 동북아를 위해 무엇을 해야 하는지를 고민해야 할 시점입니다. 30년 전까지는 한반도에서 미국 외교 목표는 한반도에서 제2의 한국전을 막는 일이었지만 이제는 북한 핵 개발 저지라는 또 다른 목표가 추가되었기 때문입니다"

세계적 핵 과학자인 스탠포드대 헤커 박사는 북한의 핵 개발은 정권 생존을 위한 존재론적 관점에서 이해해야 한다고 말한다. 그래야만 비핵화 방정식이 풀릴 것이라고 주장한다.

즉, 북한은 미국을 상대로 지역 및 세계적 차원의 핵전략을 구사하는 중국이나 러시아가 아니며, 핵 개발은 정권 전복위험에 대한 보험이자 자신을 지키기 위한 억지 전략이라는 논거에서다.

그는 또한, 핵 프로그램은 핵물질·무기화·발사 시스템의 세 가지 요소로 구성되는데 이를 모두 완성한 나라는 10개국 미만이고 대륙간 탄도 미사일 체계를 가진 나라는 그보다도 훨씬 적다고 주장하면서 이 점에서 2018년 이후 북한이 장거리 미사일 실험을 중단한 것에 대해 높이 평가했다.

같은 맥락에서 그는 한미 양국이 한발 더 나아가 북한의 핵 개발 중단·감축·완전 해체라는 단계적 해법을 선제적으로 제시해야 한다고 주장한다.

북핵문제는 미국과 일본·중국·러시아 등 6자회담 참여국의 문제이기 이전에 우리 생존권의 문제다. 공격용이든 억지용이든 상관없다. 우리가 동시에 북한의 핵미사일 프로그램이 의도하지 않은 인재로 이어질 모든 개연성에 대비해 나가야 하는 이유도 여기에 있다.

지난 30년간 열지 못한 한반도 비핵화의 자물쇠는 한미동맹이라는 열쇠에 달려있다고 해도 과언이 아니다.

250만 재미동포는 미 주류사회 일원으로서 한반도 평화의 길에 길잡이를 소망하고 있다.

일본계 미군 참전자 이야기

일본계 미군 한국전 참전자회에서 신년 하례식 초청장이 왔다.

행사 안내서에 이번 오찬이 참전자회 마지막 모임이라고 적혀 있어서 주말이지만 부부 동반으로 참석하기로 했다. 때마침 모 중진의원을 초청해 개최하는 한반도 평화프로세스 강연회와 일정이 겹쳐 모두 인사만 간단히 드린 후에 참전자회 행사장으로 발길을 옮겼다.

행사장에 도착해보니 참전자 열두어 분이 먼저 와서 앉아 계셨다. 이미 작고하신 참전용사들의 경우에는 배우자가 참석했는데, 그 수가 적지 않았다.

내심 마지막 행사라 분위기가 무겁지 않을까 우려했는데, 오히려 어린 꼬마 증손주를 포함한 가족들과 자원봉사 대학생들까지 참석해서 그런지 마치 일본계 커뮤니티 전체의 축제처럼 밝았다.

자리에 앉자마자 90세가 넘은 노병들이 다가와서 인사를 건넸다. 어떤 분은 우리말로 "안녕하세요"라고 반가움을 표시해왔다. 특히, 옆자리에 앉은 시모무라 전 일본계 미군 한국전 참전자회 회장은 한국 총영사관 관계자가 행사에 참석하는 것은 오랜만이라고 하면서 일본계 참전자회 활동 경과를 상세히 설명해 주었다. 그는 주로 하와이와 캘리포니아에 살던 3천여 명의 일본계 2세들이 한국전에 참전했다고 말했다. 2차 대전 시 유럽에서와 같이 전장의 제1선에 배치되어 목숨을 걸고 싸웠는데, 그 결과 총 255명의 일본계 참전용사가 전사하고 1천 명이 부상을 입는 등 사상자가 속출했다는 것이다.

그런데 이처럼 수많은 목숨이 희생되었고 참전자수와 대비해 일본계 미군부대가 압도적으로 많은 무공훈포장을 받았지만 안타깝게도 그동안 미국 사회 내에서조차 주목받지 못했다. 그러다가 마침 지난 90년대 중반 캘리포니아 출신 참전자 28명이 주축이 되어 일본계 미군 한국전 참전자회를 결성했다고 말한다. 이어 1997년에 LA 시내 리틀 도쿄에 전몰자 기념비를 건립하고 2000년 초에는 파주 임진각에도 비를 세워 매년 참배해왔다는 가슴 뭉클한 얘기였다.

그러나 아쉽게도 2019년부터는 워싱턴 DC에 있는 한국전 참전자비 참배를 끝으로 참전자회 차원의 모든 공식행사가 중지될 예정이라고 말했다.

돌아오자마자 담당 영사를 통해 관저 오찬 초대장을 발송했다. 다행히 한 달 뒤 아직 거동이 괜찮으신 여덟 분이 참석해 한국전 참전 경험을 서로 주고받는 화기애애한 자리가 되었다. 그런데 도중에 우에마쯔라는 분이 북녘의 어린 소년 이야기를 하다가 갑자기 흐느끼는 바람에 분위기가 일순 무거워졌다.

그의 이야기는 1·4 후퇴 당시로 거슬러 올라간다.

중공군의 남진을 촌분이라도 늦추기 위해 마을에 살아있는 가축과 식량을 모두 불사르고 퇴각해야 했는데 그 와중에 우에마쯔 씨는 길거리로 뛰쳐나온 한 어린 소년과 마주쳤다.

엄동설한에 오갈 데 없던 그 소년이 지프차를 따라오면서 남쪽으로 데려가 달라고 애원했지만, 우에마쯔 씨는 명령 수행을 우선으로 해야 하는 군인 신분이라 애써 외면할 수밖에 없었다고 한다. 그런데 수십 년의 세월이 흐른 지금도 문득문득 그 소년의 애절한 눈동자가 떠올라 가슴이 아리다고 했다. 참전용사로 북녘 마을을 지나칠 때, 자신과 동료 병사들에게 총부리를 겨눈 적은 다름 아닌 그들의 형과 아버지라는 생각밖에 들지 않았다고도 했다.

미즈타니라는 분은 양 길가에 꼬꾸라져 내팽개쳐진 어린 학생 같은 인민군 시체를 넘어 북상하면서 순간 저 아이들도 누군가의 귀한 자식이었을 텐데 하는 애잔한 마음이 들었다고 했다. 어떤 분은 전투보다 이겨내기 힘든 것은 북녘땅의 매서운 추위였고 부대원 상당수가 부상이 아니라 동상에 걸려 후송되었다고 말했다.

또 어떤 분은 부대 하우스 보이 겸 통역으로 일했던 한국인 소년 사진을 들고 와서 한참을 얘기했고, 70년대 중반에 남해화학 기술자문으로 한국에 다시 가서 근무하면서 목격한 발전상에 대해서는 놀라움을 표시했다.

다행히 총영사관의 건의가 받아들여져 석 달 후인 7월 27일 유엔군 참전의 날을 계기로 서울에서 일본계 미군 한국전 참전자회에 대한 국무총리 단체 표창이 하달되었다.

리틀 도쿄에 세워진 한국전 참전자비 앞에서 표창 전수식을 가졌는데 2주 전에 갓 부임한 아끼라 무토 일본 총영사도 참석해 노병들의 헌신을 함께 치하해 주었다.

"노병은 죽지 않는다. 단지 사라질 뿐이다"라는 맥아더 장군의 말은 바로 이분들을 두고 한 말이라는 생각이 멈추질 않았다.

로버트 와다 씨

관저 오찬에 참석했던 일본계 참전용사 중 한 사람인 로버트 와다 씨로부터 어느 날 감사 편지와 함께 한 권의 책이 도착했다.

『강제수용에서 한국으로, 그리고 고독으로』라는 한국전쟁 참전 회고록인데 이야기는 1941년 12월 일본의 진주만 공격 당시로 거슬러 올라간다. 루스벨트 대통령의 행정명령 9066호가 발령되면서 캘리포니아를 비롯해 태평양 인근 서부지역에 살던 11만 명의 일본계 주민들은 내륙지역으로 강제 격리되었다. 강제 격리 대상에는 와다 씨 가족도 있었다.

와다 씨 가족은 격리 명령 통지를 받은 3일 만에 피아노 등 돈이 될 만한 물건을 급히 처분하고 애리조나 사막 한가운데 있는 포스톤이라는 강제수용지로 떠나야 했다. 그로부터 3년 뒤 종전을 앞두고 캘리포니아 자택으로 귀가를 허가받았지만 수용 생활의 여파로 얼마 지나지 않아 사랑하는 아버지는 결국 세상을 떠나게 된다.

아버지는 히로시마 어느 집안의 장손이었다. 러일전쟁 직후 아버지의 어머니인 할머니는 가난과 배고픔에서 장손만이라도 살려보려고 미국행 상선에 사랑하는 아들을 태워 바다 건너보냈다. 미국으로 건너오게 된 와다 씨의 아버지는 고된 이민 생활을 극복하며 지냈다. 그런 아버지가 강제수용 후유증으로 짧은 생을 마감하고 만 것이다.

전쟁이 끝나고 와다 씨는 캘리포니아 레드우드라는 지역에서 고등학교를 졸업하고 이곳저곳 아르바이트를 전전하다가 20세가 되던 1952년 봄 유치원 때부터 친구였던 마드리드와 함께 해병으로 한국전쟁에 자원한다. 어차피 징집될 바에는 자원하겠다는 생각에서였다. 일본계 2세인 조 이케다와 결혼한 지 5개월 만의 일이었다.

그런데 운명의 장난이랄까? 와다는 그해 가을 중부 전선에서 유치원 때부터 같이 지냈던 유일한 친구이자 죽마고우인 마드리드의 전사 소식을 듣게 된다. 설상가상 불과 2주가 지난 뒤에는 캘리포니아에 홀로 두고 온 부인 조 이케다가 출산 도중 사망했다는 비보를 전해 듣는다.

부인 조 이케다는 남편의 반대에도 불구하고 아이를 가졌다. 전장에서 남편이 죽는 일이 생기면 남편의 분신이라도 키우며 살고 싶다는 일념으로 부인 조는 임신 사실을 남편에게 숨겨왔던 것이다. 그런데 진통이 시작돼서야 병원을 찾았지만, 의사가 출근하기 전 이른 새벽이라 손을 써볼 수도 없었다고 한다.

50년이 지난 어느 날 와다 씨는 조의 가족에게서 전달받은 유품을 정리하다가 조의 월경 주기와 임신 일이 동그랗게 표시된 자그마한 달력을 발견하고 아연실색했다.

자신이 반대하지 않았다면 조가 처가에라도 임신 사실을 숨기지 않았을 것이고, 그랬다면 '가족과 함께 병원에 예약하고 갈 수 있어 죽음은 피할 수 있지 않았을까' 하는 후회가 가슴을 쳤다.

조는 19세의 나이에 자신에게 와서 짧은 기간 살다가 신의 뜻으로 떠났던 것이다.

또 기억 저편의 그리운 또 한 사람, 마드리드! 백인 친구들과 어울리기 어려웠던 당시 유일한 친구였던 마드리드! 어릴 적 친구였던 그마저 전쟁터에서 운명을 달리하고 말았다.

그러나 살아 돌아온 누군가는 그들의 기록을 전하는 사명을 완수해야 했다. 전장에서 돌아오지 못한 동료를 기억하고 친구 마드리드를 책 속에서나마 다시 살리고 싶다는 생각에 반세기가 지났지만 회고록을 쓰기로 마음먹었다. 그리고 리틀 도쿄와 임진각에 전몰자 기념비를 세우고 나니 신의 뜻을 완수했다는 위안감이 찾아왔다.

역사의 아이러니랄까?

일본계 미군병사들은 미국인으로서 충성을 맹세하기 위해 한국전에서 누구보다 용맹을 떨쳐 싸웠다. 역사의 소용돌이를 피해 신천지로 보금자리를 찾아 나선 일본계 이민자 2세들이 다시 동북아의 전장으로 불려와 희생을 치른 것이다.

이보다 앞서 우리 조선인 수십만 명도 평화라는 이름으로 전쟁터에 끌려가 역사 속으로 사라졌다. 미드웨이 해전, 버마 전투, 사이판 전투 등 태평양 전쟁에 동원되어 명분 없는 침략 전쟁의 희생양이 되었다. 한반도 출신이라는 사실 빼고는 이름과 군번줄도 모두 일본식이었던 그들 가운데 22,000명은 여태 야스쿠니 신사에 합사된 채 국내로 돌아오지 못하고 있다. 역사의 아이러니가 아닐 수 없다. 와다 씨의 회고록은 역사의 아이러니가 또다시 우리 앞에 전개되지 못하도록 한반도에 평화의 씨앗을 한 줌 한 줌 뿌려 나가야 한다는 메시지처럼 다가왔다.

이수해 씨의 오랜 기다림

세계 최대의 LA 코리아타운은 우연의 산물일까?

캘리포니아는 1848년 멕시코에서 공식 분리되었다가 2년 뒤인 1850년 31번째 주州로 미국 연방에 가입된다. 연방 가입 직후 만들어진 캘리포니아주 깃발에는 힘과 저항, 독립을 상징하는 회색 곰이 등장하는데 그것을 보고 있으면 우리나라 단군신화 속 곰이 연상된다.

캘리포니아가 미국 연방에 가입된 지 반세기가 흐른 1903년, 사탕수수 농장 일꾼으로 하와이에 도착한 한인 7천여 명 중 일부가 이곳 캘리포니아로 이동해 정착하게 된다.

이를 계기로 샌프란시스코에는 상해 임시정부가 수립되기 전까지 대한인국민회와 독립혁명단체인 흥사단이 창설되어 무형의 임시정부 역할을 하면서 해외독립운동의 산실이 된다.

6·25 전쟁에서도 캘리포니아 출신 병사들은 50개 주 가운데 2,611명이라는 가장 많은 전사자를 내면서까지 인천상륙작전을 성공시킨다. 1·4 후퇴 이후 중공군의 38선 남하를 막아내 휴전협정을 유리하게 이끌어내는데도 기여한다. 그 중심에는 LA에서 남서쪽으로 120km 남짓 떨어진 펜들턴에 있는 미 해병 1사단과 밴덴버그에 있는 보병 40사단이 있었다.

LA 총영사관은 국가보훈처와 함께 매년 펜들턴에 있는 해병 1사단 인천상륙작전 기념식에 참석해 고마움을 전하고, 미군 참전용사를 찾아내 '평화의 사도' 메달을 전달해오고 있다.

마침 LA카운티 다음으로 한인들이 많이 거주하는 오렌지카운티에서도 18명의 한국전 참전용사에 대한 '평화의 사도' 메달 전수식이 거행되었다. 이들 18명은 오렌지카운티 슈퍼바이저 미셸 박 스틸(그 후 2020년 11월 선거에서 캘리포니아 39지구 공화당 후보로 출사표를 던져 연방의원에 당선) 사무실과 협력해 찾아낸 참전용사들이다. 그중에는 화교 출신 이수해 씨도 있었다.

이수해 씨는 한국전에 국군으로 참전한 화교다. 당시 200여 명의 화교 출신 참전자 중 미국 내 유일한 생존자다. 사정을 들어보니 삶의 터전이던 대한민국이 전쟁의 참화에 휩싸이면서 선택의 여지 없이 길거리에서 징집되어 국군 장병으로 복무했다고 한다. 이후로도 한국에서 40년을 살다가 미국으로 건너왔는데 대한민국 국적이 없다는 이유로 국가유공자 대상에서 제외되었다.

그런데도 두 팔을 벌려 환대해주지 못한 우리에게 먼저 화해의 손을 내민 것은 이수해 씨와 그의 가족이었다. 남편의 휠체어를 밀며 참석한 부인과 딸이 먼저 우리에게 다가와 유창한 한국말로 거듭 고마움의 뜻을 전해 왔다.

가슴속 응어리가 메달 하나로 풀리지는 않겠지만 오랜 세월의 인내와 기다림에 일단락을 맺고 나아가는 조그만 위안이라도 되길 대한민국의 한 사람으로서 기도할 수밖에 없었다.

늦었지만 국가보훈처가 국적 조항에도 불구하고 마침내 이수해 씨를 국가유공자로 특별 지정하는 방안을 검토 중이라는 소식을 들으니 다행이라는 생각이다.

명의 한국전 참전용사에 대한 '평화의 사도' 메달 전수식(2019. 5. 15.).
본계 미군 참전자 로버트 와다 씨(왼쪽에서 세 번째)와 화교 출신 한국전 참전자 이수해 씨(뒷줄 정중앙)가
달을 목에 걸고 있다.

스기하라 치우네

스티븐 스필버그 감독의 「쉰들러 리스트」는 2차 대전 당시 생명의 소중함과 휴머니즘을 주제로 한 명화다.

1994년 7개 부문 아카데미상을 휩쓴 이 영화는 '쉰들러'라는 독일인 사업가가 나치에 점령된 폴란드에서 1,200명의 유대인 직원을 구해내야 하는 절박한 상황을 그려내고 있다.

같은 시기 인근 리투아니아에는 스기하라 치우네 영사가 있었다.

나치독일이 폴란드를 점령하고 포위망을 좁혀오면서 리투아니아 주재 모든 영사관이 서둘러 철수하게 되는데, 본부로부터 영사관 폐쇄 명령을 기다리고 있던 일본 영사 스기하라 씨는 딜레마에 빠진다.

외국 영사관 폐쇄로 비자를 받을 길이 막히자 수천 명의 유대인 난민이 일제히 일본 영사관으로 몰려든 것이다. 유대인 난민이 나치 학살을 피해 살아남을 유일한 방법은 시베리아 횡단 철도밖에 없다는 사실을 알아차린 스기하라 영사는 곧바로 전보를 쳐서 일 외무성에 지침을 문의한다.

당시 일본은 독일·이탈리아와 3국동맹 협상을 앞두고 대규모 유대인 난민에 대한 비자 발급을 달가워하지 않았다. 그는 마냥 본부 지침만을 기다리지 않고 하루 20시간 넘게 수기로 비자를 직접 발급한다. 또 정세가 급변해 베를린으로 피난을 갈 때는 열차에서 비자서류와 직인을 창밖으로 내던져 피난민 스스로 비자서류를 채워 넣을 수 있도록 마지막까지 구원의 손길을 내민다.

러시아어에 능통했던 덕분에 그는 독일군의 러시아 침공 시기와 정확한 경로에 대한 정보파악 임무를 띠고 신설 리투아니아 영사관에 배치되었는데 그 때문에 독일군 감시망에 시달리기도 하고 소련군에 의해 외국 기관원으로 억류되어 고초를 당하기도 한다. 전쟁이 끝나고 본국에 송환되어서도 그는 도대체 어느 나라 외교관이냐는 온갖 비판과 냉대를 받는 신세가 된다.

그러나 그의 용단으로 6천여 명의 유대인 난민이 시베리아 철도를 타고 탈출에 성공하게 되고 그중 상당수는 대륙을 횡단해 배를 타고 일본 쯔루가 시에 내려서 다시 상해, 중동, 미국 등 제3국으로 향한다. 다행히 전후 55년이 지난 2000년 그의 명예가 회복되는 계기를 맞는다. 당시 고노 외상은 고인의 명예 회복에 대한 조치가 부족했던 점에 대해 사과하고 어떤 경우에도 인도적 고려는 가장 기본적이고 중요한 것이라고 평가했다.

최근 코로나19 전염병 확산으로 전 세계 방방곡곡에 발이 묶인 재외국민의 특별귀국이 최우선 외교 과제가 되고 있다.

정부가 긴급 전세기를 보내는 경우도 있지만, 양자 또는 다자 차원의 교섭을 통해 제3국이나 국제기구 전세기 도움을 받게 되는 경우도 적지 않다.

전통적 의미의 국가안보나 국가 간 경쟁도 경쟁이지만 전대미문의 전염병 사태 하에서 한 사람 한 사람의 신변 안전과 개인 안보가 모든 나라의 최대 외교 목표가 되고 있다.

스기하라 치우네 영사의 용기는 일신상의 불이익을 감수하면서도 인간의 존엄과 생명 존중을 실천한 진정한 영사의 본보기가 아닐 수 없다.

마이크 오캘러건

마이크 오캘러건Mike O'Callaghan은 한국전의 참 영웅이다.

인천상륙작전의 영웅인 맥아더 장군과 한국군의 아버지로 칭송되는 밴 플리트 장군은 우리에게 잘 알려져 있다.

마이크 오캘러건은 이들에 비해 국내에는 덜 알려져 있지만, 1·4 후퇴 때 치열한 중부 전선 공방전을 막아선 군인 중의 군인이었다.

분대장으로서 방호 속에 갇힌 대원을 구출하기 위해 육탄으로 뛰어들었던 그의 한국전 영웅담은 고교 제자이자 30년간 연방 상원의원을 지낸 해리 레이드에 의해 세상에 알려지게 된다.

"내가 한국에 대해 알았던 것은 스승이자 친구인 오캘러건에 관한 이야기가 전부다. 한국전쟁 후 그는 내가 다니던 고교에 선생으로 돌아왔다. 분대원을 구출하기 위해 낮은 포복으로 전진하다 중공군의 박격포 공격을 받고 왼쪽 다리가 날아갔다. 하지만 부상을 당한 몸으로 끝까지 분대원이 갇혀있던 방호까지 전진한 후 본대에 무전을 쳐서 결국 전우를 구출해냈다"

오캘러건은 전역 후 LA 총영사관 관할 주인 네바다에서 지난 1971년부터 79년까지 주지사를 역임하게 된다. 그러면서 모든 네바다 출신 참전용사 부부를 초청해 리노 시에서 '감사의 밤' 축제를 개최하기 시작했다.

그가 세상을 떠난 이후에도 네바다 사람들의 후원으로 아직도 400여 명이 넘는 참전용사와 배우자가 초대된 가운데 매년 '감사의 밤' 행사가 개최된다.

총영사로서 행사에 처음 참석해 영웅의 아름다운 이야기를 전해 들을 수 있었던 것은 큰 축복이었다.

그로부터 1년 8개월이 지난 2020년 1월 라스베이거스 전자 쇼에 참석했다가 네바다주 공원관리국으로부터 뜻밖의 선물을 받았다.

영문으로 '완중'이라는 고유명이 붙은 야생 망아지 사진액자였는데 선친도 한국전 참전용사였던 공원관리국장이 2019년 5월 17일 리노 인근 국립공원에서 갓 태어난 수컷 망아지에 '완중'이라는 이름을 붙여주고 어미와 함께 있는 모습을 사진에 담아 라스베이거스까지 들고 와서 전달해준 것이다.

네바다주 국립공원 일대에 서식하는 3천 두의 야생마 중 한 마리인 이 망아지는 녹비색 털에 하얀 점이 얼굴에 나 있는데 어딘지 모르게 상서롭게 느껴졌다.

오캘러건이 중부 전선 전투에서 목숨을 걸고 분대원을 구출한 것처럼, 이 야생 망아지가 눈 덮인 '시에라 네바다' 고봉을 누비면서 오캘러건과 900여 명의 네바다 출신 한국전 전사자의 사령으로, 다시는 전쟁 없는 한반도 평화와 한미 우호의 사도로서 자라주길 기원한다.

오캘러건을 통해 네바다에서는 한국전이 잊혀진 전쟁이 아니라 영원히 기억되는 전쟁으로 되새겨지고 있다.

네바다 출신 한국전 전사자를 기리고 참전용사 부부를 초청해 감사를 표시하기 위해 시작된 작은 밀알이 한국과 네바다 간의 영원한 우정을 꽃피우고 있다.

포츠담 회담과 트루먼

포츠담 회담은 우리에게 두 가지 점에서 역사적 함의를 지닌다.

하나는 독일 분할과 동구 위성국가 승인을 둘러싼 이견으로 미소 냉전이 개막된 것이고, 또 다른 하나는 미소 간 대일전쟁 종결에 대한 합의 실패다.

당시 미군 정보국은 암호해독기 매직을 통해 일본 외무성이 사토 주 소련 대사에 보낸 외교 전문을 해독해낸다. 앵글로색슨이 '일본의 존엄과 존재를 존중'한다면 전쟁이 종식되어 인류가 구원될 것이고 무조건 항복을 고집한다면 끝까지 항전할 것이라는 내용이었다.

물론 의도는 천황제를 온존시키고 스탈린을 움직여 미소 공동 전선을 저지함으로써 유리한 종전 교섭을 얻어내려는 데 있었다.

종전을 불과 4개월을 앞두고 루스벨트 대통령 서거로 대통령직을 승계한 트루먼은 포츠담 회담에서 스탈린과 처음 만나 독일과 유럽 전후처리를 두고 사사건건 충돌한다.

태평양 전선에서 일본이 거세게 저항하자 일본 본토 진입을 위해서는 영국과 소련의 참전이 절실하다고 생각했던 트루먼은 고민에 고민을 거듭한다.

트루먼은 포츠담 회담 중에 긴급 전보를 통해 원자폭탄 극비실험에 관한 맨해튼 프로젝트가 성공했다는 사실을 보고받고 이를 공유하면서까지 스탈린의 마음을 움직여보려 하지만 수포로 돌아간다.

트루먼 대통령직 승계와 세계를 바꾼 4개월을 주제로 한 책 『The Accidental President』에서는 국무성 전보 등 당시 기록을 토대로 이러한 트루먼의 심경을 그대로 묘사하고 있다.

결국, 일제의 무조건 항복을 요구한 포츠담 선언은 스탈린을 빼고 미·영·중 3국 정상 서명만으로 발표된다. 이는 소련이 독일과는 달리 일본의 전후 처리에 관여하지 못하는 결과로 이어진다.

맥아더 장군 등 연합군 최고사령부의 의견이 반영되어 일본의 존엄인 천황을 투옥하거나 처형하지 않고 상징적 국가원수로 존치하기로 결정하기에 이르고, 민주적 가치에 대한 장애를 제거하고 시민의 자유의지에 따라 평화정부가 들어서면 연합군 사령부는 철수한다는 대일 점령통치 조건도 구체화된다.

역사에 '만약에'라는 가정은 소용이 없지만 현재의 불안정한 동북아 전후질서는 여기에서부터 비롯된다.

맨해튼 프로젝트 성공으로 소련의 대일 참전이 중지되면서 전쟁 책임의 당사자인 일본은 통일된 민주국가로서 냉전의 보루가 되지만, 분단된 한반도는 중국 공산화와 맞물려 극동 방위선에서 제외되면서 동족상잔의 6·25 전쟁을 겪는다.

광복 75주년인 2020년, 한반도 분단 상황은 극복되지 못한 채 과거사 문제는 여전히 미래지향적 한일 관계의 걸림돌로 남아 있다.

미 해병 1사단

LA 남쪽 펜들턴에는 미 해병대 1사단이 있다.

한국전쟁의 전세를 뒤엎은 인천상륙작전의 주력부대다.

한국전쟁이 발발하자 트루먼 대통령은 즉각 지상군 투입과 한반도 해상 봉쇄를 재가한다. 해병 1사단은 맥아더 장군의 해병여단 극동 투입요청에 따라 이곳 펜들턴을 출발해 8월 초 부산 앞바다에 도착한다.

해병 1사단은 맥아더 장군조차도 성공을 의심했던 인천상륙작전을 성공시킨 데 이어, 서울 수복 후 동해를 통해 가장 먼저 원산으로 진격한다.

원산에서 압록강을 향해 북상하던 중 중공군 9병단의 반격을 받아 장진호 전투에서 900명의 전사자와 3,500명의 부상자가 발생한다. 그런 와중에 중공군의 남하를 막아내며 함흥으로 철수한다.

　휴전협정을 4개월 앞둔 1953년 3월 경기도 연천군 매향리 일대에서 벌어진 네바다 전초전에서도 해병 1사단은 중공군의 기습 공세로 1천여 명의 전·사상자를 내면서도 끝까지 버텨내 정전협정을 유리하게 이끌어낸다.

　후방 지원부대를 제외한 전투 중 전사한 미군이 33,642명으로 집계되는데, 이 가운데 캘리포니아주 출신이 2,611명으로 가장 희생이 컸다. 바로 캘리포니아에 해병 1사단과 보병 40사단이 주둔했었기 때문이다.

　해병 1사단은 당초 1913년 필라델피아에서 소집되어 멕시코, 아이티, 쿠바 등 주로 중남미에 배치되다가 태평양 전쟁 때 솔로몬 군도 과달카날 해전에 투입되면서 아시아태평양 전장에 배치되기 시작했다. 이후 한국전·베트남전·1차 걸프전에서도 주력부대로 용맹을 떨친다.

　1975년 월남이 패망하자 목숨을 걸고 탈출한 5만 명의 보트 피난민을 펜들턴 기지에 임시 수용해 정착을 직접 도운 것도 아시아 지역과의 인연을 맺는 계기가 되었다.

한인들이 집중 거주하는 LA 카운티와 오렌지카운티에 월남 거주민들이 많은 이유도 이 때문이다.

미 해병 1사단은 이러한 오랜 전통을 계승하고 한국전쟁 희생자를 기리기 위해 한국전 참전용사를 초청해 매년 인천상륙작전 기념식을 개최해오고 있다.

고령의 참전용사와 배우자, 가족이 함께 초대되어 군악대와 3~4백 명의 현역 해병대원들과 함께 만찬에 참석하는데, 우리 보훈처와 캘리포니아에 거주하는 국군 참전용사들이 매년 적지 않게 재정적 기부도 해오고 있다.

마침 2020년 3월 초 정경두 국방장관의 미국방문 일정이 잡혔다.

처음엔 워싱턴 DC만 짧게 다녀가는 실무방문이었는데 총영사관의 건의로 캘리포니아를 경유해 해병 1사단을 격려하고 귀국하는 것으로 일정이 조율되었다.

6·25 발발 70주년을 앞두고 우리 국방장관의 미 해병 1사단 방문은 의의가 컸다. 미 측도 해병 1사단장뿐 아니라 해병 군단장, 태평양 지역 부사령관이 일부러 아시아로부터 와서 우리 국방장관의 방문을 환영해 주었다.

더욱 감동적이었던 것은 나이가 지긋한 미망인과의 만남이었다. 만찬이 끝난 후 우리 국방장관과 미 해병 간부 일행은 참전용사 테이블을 돌면서 기념촬영도 하고 직접 감사의 말을 전하고 있었다.

그런데 일행 앞으로 나이가 팔순 가까이 되어 보이는 미망인이 나타났다. 그녀의 손에는 당시 스무 살이었던 앳된 남편의 철모 쓴 사진이 들어있는 기념 메달이 들려져 있었다.

우리 일행에게 메달을 손수 건네면서 그녀는 남편이 해병이었던 것을 정말 자랑스러워했다고 말했다.

레인 빅토리호

1·4 후퇴 때 피난민들의 애환을 노래한 「굳세어라 금순아」의 실제 주인공이 있다.

그녀는 현재 샌디에고에 살고 있는데 영자, 에이코, 제인이라는 세 개의 이름을 갖고 있다.

눈보라가 휘날리는 바람찬 흥남 부두에
목을 놓아 불러봤다 찾아를 봤다.
금순아 어디를 가고 길을 잃고 헤매었더냐

현인 선생의 「굳세어라 금순아」 노래 가사처럼 영자는 흥남 마전이라는 마을에서 태어나 14세의 어린 나이에 거제도 피난길에 오른다. 갓 태어난 동생과 출산으로 건강이 악화된 엄마, 언니는 북녘땅에 그대로 남겨 둔 채였다. 피난선을 타기 위해 학교 운동장에서 부두까지 인산인해로 늘어선 긴 줄을 지켜야 했던 아버지는 배에 가까워지자 여섯 살 위인 언니와 남동생을 집에 보내 엄마와 갓난 동생을 데려오도록 한다. 그러나 남동생은 인파에 떠밀려 언니를 놓쳐버리고 혼자 되돌아왔고 수천 번을 뒤돌아봐도 인파에 밀려 피난선에 오를 때까지 돌아와야 할 언니와 엄마 일행은 끝내 보이지 않았다.

이렇게 운명의 장난처럼 그녀의 끝나지 않은 전쟁은 1950년 12월 피난민 1만 4천여 명을 태운 상선 메레디스 빅토리호가 흥남부두를 떠나 남쪽으로 항해하면서 시작된다.

매일 사람이 죽어 나가는 거제도 수용소에서 피난생활의 닻을 내린 영자는 아버지를 따라 남동생과 함께 부산에 정착했다가 숟가락 하나라도 줄이기 위해 홀로 군산·평택·마산을 거쳐 운명의 사다리를 타고 일본으로 건너간다.

나가사키 오무라 수용소를 거쳐 요코스카에 있던 나이트클럽 댄서로 일하게 된 후로는 영자 대신 에이코라는 일본식 이름으로 살며, 그곳에서 일본계 미 해병과 결혼해 캘리포니아로 왔고 이곳에서는 제인이라는 이름으로 제3의 인생을 꿈꾼다.

레인 빅토리호에 전시된 사진.
사진 속 인물은 선장

레인 빅토리호에 전시된 사진. 추위에 움추린 피난민들의 모습이 보인다.

출생증명 서류 하나 없이 몸 하나뿐인 피난민 신세라 미군의 아내지만 관공서에 결혼서류 접수와 여권 발급에만 2년 반의 세월을 기다린 뒤였다.

그녀의 인생 여정은 샌디에고에 사는 동포 작가 백훈 씨에 의해 『영자 에이코 제인의 아리랑』이라는 실존 소설로 쓰여졌는데, 영자는 "어떻게든 살아봐야 하잖아. 집을 나온 뒤 적어도 배가 고프지는 않았다"라고 외친다.

고향에 두고 온 엄마에 대한 하염없는 그리움, 나이 마흔에 남쪽에 피난 내려와 지게꾼밖에 할 수 없었던 무정한 아버지, "늙은 몸이 정처도 없이 어디를 떠난단 말이냐. 그냥 고향집을 지키고 있겠다. 너희들이나 잘 갔다가 무사히 돌아오너라" 이렇게 한마디 남기고 끌고 온 소와 함께 다시 고향마을 마전으로 되돌아가셨던 할아버지와 할머니 생각도 그치지 않는다.

영자가 흥남부두에서 탔던 메레디스 빅토리호는 오래전에 중국 상인에 매각되어 고철로 해체되었고 LA 인근 산페드로항에는 쌍둥이 배인 레인 빅토리호만 세월의 무상함을 잊은 채 정박해 있다. 2차 대전 중에 캘리포니아에서 건조된 레인 빅토리호는 현재 미 해군의 위탁을 받아 민간 차원에서 한국전쟁 박물관으로 활용되고 있다.

마침 일정이 허락되어 부임 인사를 겸해 영사들과 함께 배가 정박해 있는 산페드로항을 찾았는데, 관리 책임자인 데이비드 존이 우리 일행을 반기며 한국전 전시실과 실제 피난민들을 가득 태웠던 선상, 조타실, 엔진실까지 구석구석 직접 안내해주었다.

존은 한겨울에 하얀 모시옷을 입은 피난민 사진 앞에 서서는 레인 빅토리호가 군함이 아닌 상선이었지만 한 사람이라도 더 태우기 위해 배 안의 화물을 바다에 집어 던진 선장의 결단으로 피난민 7,009명을 태울 수 있었고, 항해 도중 남자아이 한 명이 태어나 전쟁 중에 새 생명의 희망을 쏘아 올린 전설이라고 치켜세웠다.

레인 빅토리호는 오늘도 세월을 잊은 채 이곳 산페드로항에 전쟁과 폐허가 아닌 평화와 희망의 메신저로 정박해 있다.

메아리 없는 종소리

바야흐로 3월.

2019년에는 3·1절 기념식과 임시정부 수립 100주년 행사가 여기 저기서 개최되어 주말에도 일정이 빠듯했다. 이번 주말은 그냥 넘어가나 싶었는데 아니나 다를까 미주국군포로송환위원회에서 행사 참석 요청이 왔다.

정용봉 박사 92돌 생신기념 한반도 문제 포럼이 주제였는데, 팸플릿 아래쪽에 '세상에 이럴 수가'라는 부제가 붙어있어서 반정부 성격의 행사가 아닐까 걱정도 되었지만 참석키로 했다. 행사장은 토요일인데도 연로하신 참전용사들과 국군포로 송환 운동을 위해 애써 오신 분들로 만원이었다.

『메아리 없는 종소리』의 저자인 정용봉 박사는 인사말에서 술회했다.

"나이 아흔이 넘어도 이렇게 자꾸 눈물이 나요. 죄송합니다. 최전방에서 사선을 넘어 같이 싸웠지만 포로가 된 전우들을 생각하면 죄책감이 들어서요. 평생의 노력이 헛된 거 아닌가 생각될 때도 있지만 살아 숨 쉬는 동안 중단 없이 전진하고 싶습니다. 저처럼 여생이 많이 남지 않은 북쪽의 국군포로 송환을 위해 힘써주십시오"

『메아리 없는 종소리』의 서문은 지난 1994년 국군포로로 북한에 억류되었다가 탈북해온 조창호 소위 TV 인터뷰에서 시작된다. 모두 남한에 돌아온 줄 알았던 국군포로가 아직도 북녘땅에 남아있다는 사실을 알게 되었고, 전우들이 왜 돌아오지 못하고 있는지 알리기 위해 책을 쓰게 되었다고 했다.

유엔사 자료를 인용한 정용봉 박사의 주장에 따르면, 북측에 억류된 당시 유엔군 포로 92,070명 가운데 국군포로 8,321명을 포함해 13,444명만이 돌아왔고, 나머지 78,000여 명의 국군포로는 그대로 북녘땅에 남았다고 했다.

그의 말에 따르면, 처음에는 유엔군 포로와 인민군 포로를 전원 대 전원 교환하는 방식이 논의되었는데, 트루먼 대통령이 민주적 가치를 중시하고 무엇보다 적군이지만 참전 군인들의 의사를 존중하기로 결정하는 바람에 공산 치하로 돌아가길 희망하는 포로만 송환키로 했다.

이에 따라, 북측도 트루먼 대통령의 주장을 역이용해 78,000명의 국군포로를 돌려보내지 않았다. 이유는 북측이 상당수 국군포로를 강제로 인민군 병사로 다시 전장에 내보냈는데, 전쟁법상으로는 이들을 국군포로로 취급할 수 없다는 것이었다.

다시 말해 북측은 국군포로를 포로가 아닌 귀순·전향한 인민군 해방 전사로 간주해 송환을 피해 나갔다. 더욱이 전후 시설복구를 앞둔 북한의 심각한 인력난도 국군포로를 돌려보내지 않는 데 한몫했다.

실제 조창호 소위 역시 자신이 설령 당시 포로송환 협상 사실을 알았다고 하더라도 "국군포로이며 남쪽으로 돌아가고 싶다는 얘기조차 꺼낼 수 없는 분위기였다"라고 한 방송 인터뷰에서 말했다.

북측 사정은 물론 남한 사정도 마찬가지였다. 국부군 출신 인민군 포로가 문제였다. 당시 중공은 대만 국부군 출신 포로들을 한국전 최전방에 내보냈는데, 이 포로들이 대만으로 송환을 외치면서 중공으로 돌아가길 결사반대하고 있어서였다.

미소냉전의 한가운데 치러진 국제전의 성격상 한국전쟁 포로송환 협상은 그만큼 어려웠고 반세기 이상 러시아 땅에 억류된 사할린 한인 문제와 같이 그 후로도 너무나 오랜 시간이 흘렀다.

"국군포로 문제 해결에는 보수냐 진보가 없습니다. 오히려 북쪽에 이 문제를 정상 차원에서 제기한 것은 노무현 대통령이 처음이었습니다"

아흔을 훌쩍 넘긴 정용봉 옹의 종소리가 휴전선을 가로질러 아름다운 메아리로 전해지길 두 손 모아 기도한다.

세계 각국에 수감된 우리나라 국민은 1,300여 명에 이르고 있다.
그러나 특정인에게만 정부 예산을 지원할 수 없는 실정이다. 한국으
로 수형자 이송을 돕고 싶어도 아직 2/3 이상의 형기를 채우지 못해
수년을 더 기다려야 된다는 말에 돌아오는 발걸음이 더욱 무거웠다.

총영사의
무게

잠재적 병역 기피자?

매년 3월 말 이맘때가 되면 영사관 민원실이 북새통을 이룬다.

1만여 명의 한인 2세들이 개정 국적법_{일명 홍준표 법}에 따른 불이익을 피하려고 영사관에 와서 우리 국적 포기를 서두르기 때문이다.

해외 원정출산이 병역의무 회피수단으로 악용되고 있다는 사회적 비판에 따라 2005년부터 생겨난 법인데, 문제는 원정출산과는 무관하게 외국에서 태어나 자란 수십만 명의 2세들을 잠재적 병역 기피자로 내몰고 있다는 점이다.

미국, 캐나다 등 출생지주의를 채택 중인 국가에서 태어나 두 개의 국적을 갖게 된 2세들의 고민은 이루 말할 수 없다.

한인 2세들은 이곳 부모와 떨어져 혼자만 한국에 돌아가서 살 계획도 없지만 그렇다고 일찍부터 한국 국적을 포기하고 평생 외국 시민권자로 살아가겠다고 계획을 세우는 것도 아니다.

아직은 우리말과 한국문화가 낯설지만, K-POP 등의 영향으로 모국에 대한 관심이 커지고 처음으로 한인이라는 사실에 자랑스러움을 느꼈다고 말하는 청소년들도 많다.

하지만 이처럼 정체성의 혼돈을 겪는 청소년기에 자신이 태어난 나라와 부모님의 나라 중 어느 나라 시민으로 살아갈지 독자적으로 판단하고 선택하는 것은 그리 쉬운 일이 아니다.

이들 2세는 우리나라 국적법상 18세가 되는 해의 3월 31일까지 국적을 미리 포기하지 못하면 37세가 될 때까지 국적 포기 기회는 다시 주어지지 않는다.

머뭇거리다가 때를 놓치고 시간이 흘러가면 많은 불이익을 감수해야 한다. 국적 포기가 불허되는 37세까지는 6개월 이상 모국에 가서 유학을 할 수 없고 외국회사 서울 주재원으로도 파견근무가 불허된다.

더욱이 이들은 복수 국적자라는 이유로 미국에서도 '외국 정부와의 이해 충돌과 보안상의 이유'로 연방공무원이 되거나 미국 사관학교에 지원할 때 불이익을 당한다.

양쪽의 혜택만 누리려 하지 말고 한국에 와서 군대에 가면 되지 않느냐라고 반문할 수도 있지만 글로벌 시대 250만 재외국민의 실체를 부정하는 눈 가리고 아웅 하는 식의 논리다.

한인 2세들은 자신들 선택으로 해외에서 태어난 것이 아니다.

이스라엘의 동포정책은 시사점이 크다. 우리보다 훨씬 폭넓게 이스라엘 국적을 인정하면서도 군대 문제에 대한 접근이 훨씬 포용적이다.

친가든 외가든 조상 중에 유대인 혈통과 연관이 있으면 언제든 이스라엘 복수 국적을 가질 수 있고, 군필 규정에도 처벌 조항이 없다.

즉, 16세가 되기까지 외국에 더 많이 살았으면 본인 선택으로 군대에 안 갈 수 있고, 그것도 25세가 넘으면 남녀 모두 병역의무가 영구히 면제된다.

다만, 군 복무 적령기인 18~25세 사이에 8개월 이상 이스라엘에 돌아가 거주하려면 군대에 가야 하는 예외 규정을 두고 있을 뿐이다.

일본도 출생 후 3개월 안에 호적상의 출생신고를 하지 않으면 선천적 일본 국적 부여를 유보하는 제도를 도입, 운영 중이다.

얼마 전 오찬을 같이했던 재미유대인연맹 LA 지부장의 이야기는 이채롭다.

외조부가 유대계인데 자신은 미국에서 태어나 줄곧 미국인이라고 생각하며 살아왔다고 한다. 그런데 대학 졸업 후 정체성의 혼돈을 겪다가 이스라엘 국적을 회복해 여성이지만 2년간 이스라엘 군 복무를 마치고 돌아와 지금은 유대인으로서의 뿌리를 잊지 않고 100% 미국인으로 살아가고 있다는 것이었다.

우리 한인 2세들은 어떨까?

모 동포신문에는 하버드 대학 출신 한인 2세가 특혜를 포기하고 한국군에 자원했다는 흥미로운 기사가 실렸다. 부모와 함께 조기 유학을 와서 미국에 살게 된 1.5세 영주권자들도 마찬가지다. 매년 수백 명의 영주권자가 자원해서 군 복무를 마치고 돌아와 미국에 살고 있다.

무려 500년 전 중남미로 이주한 스페인계 후손들은 언제든지 스페인에 가서 유학도 하고 복수국적을 가질 수 있다. 유럽계 미국 시민권자 후손도 복수국적 취득이 어렵지 않다.

우리도 하루빨리 통일이 되어 군 복무 문제로 뒤엉켜있는 복수국적 제도가 정상화되었으면 한다.

그 이전이라도 자신이 잠재적 병역 기피자로 죄인 취급되고 있다는 사실을 모른 채 해외에 거주하고 있는 수십만 명의 한인 2세를 구제해주는 특례 입법이 절실하다.

영사관이 나서서 우리 한인 청소년들에게 18세가 되기 전에 일찌감치 국적을 포기하도록 홍보해야 하는 현실은 안타깝다.

개정 국적법 한 줄 때문에 생겨나는 영사 업무의 딜레마다.

전쟁고아 입양과 LA 총영사관

한국전쟁 이후 입양기관을 통해 미국에 입양된 한인 아동 수는 12만 명에 이른다.

여기에 삼촌이나 이모를 따라 미국에 건너와 입양된 비공식 루트까지 합치면 그 숫자는 무려 17만 명을 웃돈다. LA 카운티 88개 도시 가운데 웬만한 중위권 도시 서너 개를 합친 규모다.

1953년 12월 21일 자 『LA타임지』 보도에 따르면 패트리시아 리아 Patricia Lea라는 한국전 고아가 LA 인근 글렌데일 지역에 최초로 입양되면서 이승만 정부도 혼혈 고아들이 한국에서 적응하기 어렵다는 현실적 이유로 해외 입양을 허가하기 시작한다. 이후 1955년 8월 '홀트 법'이라고 불리는 한국전쟁 고아 구제에 관한 법이 미

의회에서 통과되고 홀트 부부가 8명의 고아를 입양하면서 한국전 고아에 대한 미국인의 관심이 폭발적으로 늘어난다.

당시 LA 총영사관에는 '좋은 미국인, 좋은 기독교인의 사명감'에 따라 한국전쟁 고아를 입양하겠다는 서한이 쇄도했고, 미국 가정과 한국 유관기관과의 산파 역할이 총영사관의 중요한 업무 중 하나였다.

그 후 전쟁고아에 그치지 않고 장애가 있거나 가정 형편이 어려운 일반 아동까지도 미국과 유럽 전역으로 입양된다. 1970년대 말 박정희 대통령 시절에는 그 수가 한 해에 6천 명 이상에 이르기도 했다. 이런 남한의 현실을 빗대어 북한에서 아동까지도 수출 상품화하는 비도덕적 자본주의 정권이라며 흑색선전에 나서자 줄을 잇던 국제입양은 일시적으로 중지되기도 했다.

감동적인 사실은 전쟁과 가난, 미혼모에 대한 사회적인 낙인과 같은 핏줄만 중요하게 여기는 의식으로 인해 우리말도 채 익히기도 전에 해외로 입양된 이 어린아이들이 어른이 되어 자식을 입양하는 입양 부모가 되고 있다는 것이다. 이들은 아직도 하루에 한 명꼴로 한국에서 해외로 보내는 한인 입양아의 부모가 되고 있다.

패트리시아 리아가 처음 LA 인근으로 입양된 지 60여 년이 훌씬 지났다. 그동안 대한민국 경제는 몰라보게 발전했고 세계적인 위상도 선진국과 어깨를 나란히 할 만큼 높아졌다.

OECD 회원국으로서 이러한 우리의 위상을 감안하면 영사관이 아직도 예전처럼 입양 업무를 주요 현안으로 다루고 있다는 사실이 자격지심마저 들게 한다.

그런데 총영사관이 경찰청과 공동으로 '가족 찾기 DNA 검사'를 열면서 받은 감동은 잠시나마 이런 생각을 잊게 했다. 미국 전역은 물론 캐나다 각지에서 장거리 여행을 하며 입양인 출신 엄마와 입양한 딸이 찾아와 샘플 채취에 응하는 것을 보고 마음이 뭉클해졌다.

문제는 양부모가 헤어지거나 국내입양 신고를 하지 않아 미국 시민권을 받지 못한 한인 입양인이 1만 8천 명이나 된다는 점이다. 시민권이 없이 영주권만 가진 한인 입양인들은 미국 땅에 살면서도 대한민국 국민으로 간주된다. 그래서 이들은 심지어 교통법규 등 사소한 현지법 위반 시에도 늘 추방의 위험에서 자유롭지 못한 채 법의 사각지대에서 살아간다.

이런 현실에서 미주지역 공관과 동포사회의 로비로 캘리포니아를 위시해 미국 전역에서 입양인 시민권법 지지 결의안을 채택하는 주가 늘어남에 따라 연방의회 차원의 법안 통과에 대한 기대가 커지고 있는 것은 다행이다.

국내적으로도 해야 할 일이 많다.

우선 수년째 우리 국회에서 잠자고 있는 헤이그 입양협약이 비준되어야 한다. 이를 통해 사회안전망을 강화함으로써 시민권이 없어 국내로 역 추방되는 입양인들이 자살 등 불행한 선택으로 이어지지 않도록 해야 한다.

LA 지역에서도 부모 이혼이나 가정 폭력, 마약 중독 등으로 격리되는 한인 아동이 연 150명을 웃도는데 이들 상당수가 라틴계나 유색인종 가정에 위탁된다. 국내는 물론 이곳 미국에서도 한인들은 자기 핏줄을 중시해 상대적으로 격리 아동 입양률은 낮은 편이다. 이처럼 안타깝게도 격리 아동들은 그 누구보다 곤궁에 처해 있지만, 한인 가정 입양 대상에서 밀려나는 경우가 많다.

하지만 격리 아동들은 시설로 들어가지는 않는다. 미국에는 고아원과 같은 시설이 없기 때문이다. 격리 아동들도 일반 입양아들처럼 커뮤니티의 공동책임이라는 사회적 공감대 아래 제2, 제3의 가정에서 사랑을 받으면서 자란다.

우리도 미국처럼 고아나 부모의 친권 보호에서 격리된 아동들을 포용해주는 위탁가정 제도가 사회운동으로 확산되었으면 좋겠다.

조이 알레시

태어난 지 갓 7개월이 되던 때에 미국에 입양된 '조이 알레시'. 그녀로부터 미국 시민권을 받는다는 연락을 받았다. 미국에 입양된 지 52년 만의 경사 아닌 경사다.

조이를 처음 만난 것은 얼마 전 워싱턴 DC에서 가진 연방의원보좌관 간담회에서였다. 간담회는 아담 스미스 하원의원과 로이 블런트 상원의원이 초안 작성 중인 입양인 시민권 법안에 어떤 내용이 포함되어야 할지에 대한 의견을 교환하는 자리였다. 이 자리에 마침 조이가 입양인 권리캠페인 대표 자격으로 동석해 인사를 나눌 수 있었다.

입양인 시민권 법안의 쟁점은 미국 법을 위반한 입양인에 대해 모국으로 추방하는 것을 금지하고 시민권을 자동 부여해야 하는 지에 대한 것이었다. 미국 시민권자의 법적인 자녀로서 입양인이 라면 누구든지 예외 없이 시민권을 부여받길 원하지만 그렇게 하 려면 법안이 의회라는 문을 통과해야 한다. 특히 이민정책에 대해 까다로운 공화당 의원의 지지를 얻지 않고서는 그 문을 지나갈 수 없다는 현실적 고민이 간담회 뒤에 짙게 깔려 있었다.

조이는 모든 입양인에게 입증서류 없이 학교 재학 사실과 주위 증언만으로도 시민권을 부여해야 한다고 주장했다. 그러고는 참 석자들의 이해를 돕기 위해 가져온 라스베이거스에 사는 한인 입 양인 조 모 씨 영상을 틀어주었다.

조 모 씨는 6살 때 한국에서 입양되었다. 그러나 양부의 술주정 과 구타로 다시 이 집 저 집에서 입양아로 지내다 불행하게도 범 죄 조직에 연루되어 감옥 생활을 했다. 출옥 후에는 신분증이 없 어 한국 여권을 받으려고 했지만 33세의 병역 기피자로 분류되어 불가능했다. 그런가 하면 미국 관공서에 입양 사실을 입증할만한 신고 서류도 애당초 있을 리가 만무했다.

결국, 간담회는 3권 분립 원칙을 존중해 '추방 재판'이 진행 중 인 경우를 제외하고는 모든 입양인에게 예외 없이 시민권을 부여 해야 한다는 의견으로 가닥이 잡혔다.

2019년 5월 8일 네바다 주하원은 입양인 시민권 결의안을 발표했다.

나는 LA에 부임하자마자 입양인 시민권 자동부여법안에 대한 미 주류사회 로비를 주요 업무 목표로 세웠다. 동시에 한민족여성네트워크 LA 지부 및 60~70년대 한국에서 봉사한 미국 평화봉사단원들을 관저로 불러 공동 세미나를 개최하고, 조이가 대표로 있는 입양인 권리캠페인을 비롯해 Connect a Kid 커넥트 에이 키드와 MPAK 등 입양 홍보 단체에 속해있는 미국 가정을 통해 소속 연방의원에게 편지보내기 등 입법로비 활동을 전개했다.

조이는 그때마다 휴스턴에서 날아와 기조연설을 해주었다. 또 그녀의 소개로 라스베이거스에 사는 조 모 씨와도 직접 만날 수 있었다. 애당초 조 모 씨는 입양아로 조국을 떠났지만, 나이 서른셋이 되도록 미국 시민권을 받지 못해 결국 우리 병역법상 영주권자인 우리 국민으로 간주되어 여태 군대에 안 간 잠재적 병역 기피자로 분류되어 있었다.

병무청에서도 처음에는 도와주고 싶어 했으나 입양인 징집 예외조항이 없으므로 어렵다는 견해였다. 그러다가 결국 특이민원으로 분류돼 사실상 복무 부적격자 판정을 받았고 병역 기피자 리스트에서도 지워졌다. 영사관도 겨우 1년 반 만에 그에게 우리나라 여권을 발급해줄 수 있었다.

조 씨는 난생처음 신분증이라는 것을 받고는 영사관과 조이가 대표로 있는 입양인 권리캠페인에 감사의 뜻을 거듭 전해왔다.

조 씨는 청소년 시절 한 번의 실수로 교도소 생활을 했던 어두운 과거가 있다. 그 때문에 출옥 후에도 거주지인 라스베이거스 외부 이동 금지 명령을 받으며 살아왔다. 조 씨는 시민권이 나올 때까지 대한민국 여권을 소중한 신분증으로 간직하며 선하게 살겠다는 다짐도 잊지 않았다.

그 후 몇 달 후 휴스턴에 사는 조이로부터 초청장이 날아왔다.

52년의 고난과 투쟁 끝에 자신이 시민권을 받게 되었다는 사연과 함께 미 이민국이 개최해주는 시민권 선서식과 축하연에 우리 부부를 초대한다는 것이었다. 개인 휴가를 내서라도 참석하고 싶었지만, LA 총영사관 관할 지역이 아니라서 여의치 않아 못내 아쉬웠다. 그녀는 미국 양부모의 법적 자녀로서 응당 받았어야 할 시민권을 받지 못한 1만 8천여 명의 한인 입양인들에게 희망을 선사하고 있다.

랭카스터 교도소

 미국에는 250만 한인들이 살고 있다. 국내 인구로 치면 20명당 1명꼴이다.

 전쟁이 아닌 평화기에 그것도 70~80년대 근대화 바람이 불 때 단시일 내에 늘어났다. 이렇게 대규모로 증가한 미국 이민자는 아메리칸 드림의 산물이다. 이들은 한국인 특유의 부지런함과 배짱으로 신천지에서 맨주먹으로 삶의 터전을 일구고 2세들도 남부럽지 않게 잘 키워냈다.

 하지만, 성공신화의 이면에는 어두운 그림자도 있다. 한 예로 LA 총영사관 관할 지역 내에만 우리 국민 50여 명이 수감되어 있다. 미국 전체로 볼 때 우리 국민 수감자는 3백 명에 달한다. 여기에 미국에서 태어난 2세 시민권자까지 합치면 그 숫자는 몇 배로 늘어난다.

LA에서 총영사로 근무할 때 인근 랭카스터Lancaster 교도소에 영사면담을 다녀온 적이 있다.

외교부의 수형자 면회지침에 따르면 수형자 본인이 원하지 않는 경우를 빼고는 매년 1회 이상 해외 수감자를 면회해야 한다. 놀라운 것은 수형자를 만나기 위해 신체 포기 각서까지 써야 한다는 것이었다. 그러고도 면회는 거의 석 달을 기다린 끝에야 성사되었다. 신체 포기 각서는 공관장이라도 면회 중에 인질로 잡히거나 신체 위해 사건이 발생하면 석방 교섭권과 배상 청구권을 포기하라는 의미를 담고 있었다. 아닌 게 아니라 실제로도 강력범들이 많이 수용되어 있어서 무력충돌 사건이 빈번하게 발생한다고 한다.

면회 당일 차량으로 담당 검찰영사와 같이 교도소 입구에 도착해서 신분증을 제시하고 영사면담을 위해 방문했다고 하자 차량 출입이 허가되었고, 현관 민원실에 이르자 수감시설 출입증이 교부되었다.

한참 후 '오초아'라는 교도관이 나타나 B동 건물 앞까지 안내하더니 무선으로 연락해 B동 교도관에게 우리를 인계해 주었다. 건물을 옮겨 갈 때마다 전자식 자동문과 철제문으로 된 2중 출입 장치가 되어있고 문이 열릴 때마다 빅 하는 소리가 유난히 크게 울렸다. B동에서 두 명의 수감자를 면회하고, A동으로 옮겨서 다른 수감자를 만날 때에도 똑같은 절차가 반복되었다.

영사면담 중 '평범하고 온순해 보이는 젊은이가 왜 이렇게 되었을까?'라는 생각이 계속 머릿속에 맴돌았다.

첫 번째로 면담한 홍 모 씨는 2006년 한인타운에서 친구들과 18세 성인식 생일파티를 하던 중 옆 테이블 손님과 시비가 붙어 피해자 살인 가담 죄로 '25년에서 무기 징역형'을 선고받은 경우였다.

실제로는 무기 징역형인데, 모범수로 복역하면 교정 당국이 별도의 재판절차 없이 25년이 지나 예외적으로 가석방을 검토할 수 있는 판결이었다.

마지막에 면담한 김 모 씨는 갱 그룹 간에 세력 다툼이 벌어질 때 다른 갱 단원에게 총기를 들이댄 죄로 39년 8개월을 선고받고 복역 중이었다.

유죄 협상으로 15년을 제안받았으나 억울한 생각에 이를 받아들이지 않은 결과였다. 그때가 18세 되던 해였는데 생일이 몇 주

지나 소년범 대상에서도 벗어나 감형도 받지 못했다. 게다가 갱 활동을 이유로 가중처벌을 받았다. 검찰영사의 말에 따르면 이런 경우 한국에서는 초범이고 우발적 사건으로 여겨 살인죄라도 대개 10년 정도의 형량을 선고받고 7년 정도 복역하면 가석방된다고 한다. 그런데 미국 법정에 서게 된 김 씨는 장장 40년에 가까운 시간을 감옥에서 보내야 한다. 미국까지 와서 어린 시절 단 한 번의 실수로 평생 옥고를 치러야 할 처지가 되어 안타까운 마음이 들었다.

시민권이 없는 영주권자에 대한 차별대우도 아쉬웠다.

미국 시민권자들은 모범수가 되면 교도소 내에서 무료로 학위 과정을 이수할 수 있지만, 외국인 영주권자에게는 이러한 기회가 주어지지 않는다. 김 모 씨도 평소 수학을 좋아해서 통계학 강의를 듣고 싶어 했지만 LA에 사는 누나는 형편이 어렵고 모친은 서울로 이미 귀국해 연락이 끊긴 지 오래된 터라 월 250불의 학비를 부담하기는 어려운 사정이라고 했다.

세계 각국에 수감된 우리나라 국민은 1,300여 명에 이르고 있고 특정인에게만 정부 예산을 지원할 수도 없어 안타깝기 그지없었다. 한국으로 수형자 이송을 돕고 싶어도 아직 2/3 이상의 형기를 채우지 못해서 수년을 더 기다려야 된다는 말에 돌아오는 발걸음이 더욱 무거웠다.

떡국 열두 그릇

LA 총영사는 누가 가도 힘든 자리다.

LA에 근무한 선배들이 이구동성으로 들려준 이야기다.

아니나 다를까 나는 부임 후 채 두 달도 안 되어 투서를 당한 최초의 총영사가 되고 말았다.

처음 6개월은 밀월기라고도 하는데 내심 섭섭한 생각도 들었다. 하지만, 본부에서 해외 영사 현안을 직접 담당했던 사람으로서 무엇보다 본국 정부에 부담이 되는 것은 아닌지 마음이 편치 않았다.

무엇보다 공관장으로서 스스로 일정을 짜는 것이 자유롭지 않았다.

외교 목표와 우선순위에 따라 미 주류사회나 차세대 행사 등 시너지가 큰 행사를 우선시하다 보면 일반 동포행사에 참석하지 못하는 경우도 생기게 된다. 하지만, 예전에 전임자들이 한 번이라도 참석했던 동포단체나 특히 동포언론이 관계된 행사인 경우에는 불참할 경우 후폭풍과 흔들기가 만만치 않았다.

"총영사님, 어디에 계십니까?"

"동포를 위한 총영사인가, 직원을 위한 총영사인가?"

"총영사인가, 총독인가?"

온갖 모욕적인 기사에서부터 청와대 실세를 안다든지 본국 언론에 비판 기사를 돌리겠다는 협박조의 말에 이르기까지 실로 감내하기 어려운 사례도 많았다.

담당 지역에 한인회만 18개나 있고 각 분야의 한인 단체 수가 수백 개에 달하다 보니 손오공처럼 분신술을 부리지 않는 한 일일이 찾아가기가 쉽지 않다. 그럴 경우엔 서면 축사로 대신하거나 담당 영사를 보내 축하의 말을 전하곤 한다. 그런데도 공관장이 직접 참석하지 않았다는 사실 때문에 주최 측 대부분이 섭섭함을 노골적으로 전달해오는 것이었다.

한번은 이런 일도 있었다. 퇴근하자마자 아내가 다짜고짜 지난주에 중요한 동포행사가 뭐 있었느냐고 물었다. 한인타운에 옷 수선을 하러 갔더니 주인이 영사관 차량 번호판을 알아보고는 "영사관에서 왔어요? 지난주 행사에 수백 명이나 모였는데 총영사는 코빼기도 안 보이고 영사 하나만 딸랑 보냈데요!"라고 불평 섞인 목소리로 말하더라는 것이었다.

총영사가 아닌 영사가 참석하면 자신들의 위신에 금이라도 가는 것처럼 생각하는 잘못된 풍조 때문이다.

모 신년하례 행사에서 우스갯소리로 새해 벽두에 떡국을 열두 그릇이나 먹고 이제 더 어른스러워졌다고 농담을 건넨 적이 있다. 국내도 아니고 외국에 살면서 떡국을 무척 좋아하는가 보다 생각할 수도 있지만, 사실은 한인회·노인회·각종 직능단체 별로 모든 동포단체들이 조찬부터 저녁까지 음력과 양력으로 나누어 신년하례식을 개최하기 때문이다.

그래도 고무적인 것은 이곳 LA에서도 동포경제와 주류사회 영향력이 커지면서 각종 축제와 행사에 주 정부나 시 정부 관계자는 물론 연방의원 참석이 다반사가 되고 있다는 점이다.

우리 문화를 알리고 한미동맹의 가치와 왜 한반도 평화프로세스가 중요한지 미 주류사회 인식을 제고할 수 있는 좋은 기회이기도 하다.

규모나 내용 면에서 알차게 꾸려진 동포행사는 영사관이 예산을 써서 개최하는 행사보다 훨씬 효과적인 공공외교의 장이 되기도 한다. 이런 행사의 경우에는 설령 초대장이 오지 않더라도 먼저 찾아가 격려하고 도와야 한다. 이것이 영사관이 존재하는 이유이다.

「우리 함께 걸어 행복한 그 길」이라는 송정명 원로 목사의 글처럼 동포단체 행사 하나라도 더욱 단합된 마음으로 시너지를 살리며 개최된다면 누이 좋고 매부 좋은 일이다.

공관장 배우자와 청지기

새벽 3시, 지붕 위로 퍼붓는 요란한 빗소리에 잠이 깼다.

천사의 도시라는 지명답게 로스앤젤레스는 연중 상큼하고 쾌적한 사막성 기후로 유명한데 올해는 기후변화 탓인지 폭우가 쏟아져 산사태와 물난리가 자주 뉴스에 오르내린다.

반쯤 눈이 감긴 채 뒤척이는 사이 누가 1층 계단으로 바삐 내려가는 소리가 들렸다.

정신을 차리고 무슨 일인가 싶어 내려가 보니 천장 형광등 줄을 타고 빗물이 마치 수도꼭지를 틀어놓은 것처럼 줄줄 떨어지는 게 아닌가. 아닌 밤중에 홍두깨라고 아내는 응접실 카펫을 걷어 올리고 바닥에 양동이를 갖다 대고 있었다.

얼마 전 영사관 총무과에 자산취득비를 신청해 새로 마련한 카펫이 아깝게도 천장 누수로 인해 곰팡이가 슬어서 아내는 며칠째 카펫을 햇볕에 내다 말리곤 했었다. 이런 장면이 떠올라서인지 '설마 카펫 걱정에 새벽부터 저러는 것일까? 아니면 나이가 들어 잠귀가 밝아진 것일까?'라는 생각이 나서 순간 실없는 웃음이 나오려는 것을 억지로 참았다. 아이들이 어렸을 때는 새벽에 깨서 울어대도 세상모른 채 곯아떨어져 자던 아내였다.

이후로도 유달리 비가 많이 와서 천장을 뜯어 누수공사를 다섯 번이나 했다.

설마 선진국인 미국에서 비 때문에 집 천장에 물이 새는 일이 있겠냐고 생각할 수도 있지만 폭우가 흔하지 않다 보니 애초부터 지붕에 물이 고이지 않고 잘 빠지도록 설계가 되어있지 않았던 것이다.

관저 건물은 지어진 지 거의 100년이 된 역사적 건물로 50년 전에 당시 시가로 15만 달러를 주고 구입한 것인데 몇 년 전 270만 달러를 들여 리모델링한 상태였다.

전해지는 이야기에 따르면, 당시 관저 건물 리모델링은 공관이

본부와 협의해 기술 점수가 높았던 현지 업체 대신 일부러 동포가 운영하는 업체에 맡겼고, 거의 매월 총영사가 점심까지 사주면서 역사에 남을 국가와 동포사회 자산이니 잘해달라고 부탁까지 했다고 한다.

그러나 공관장과 총무 영사 기대와는 달리 공사는 부실투성이었다. 바닥 자재부터 조명에 이르기까지 대부분 규격 이하의 품질이었고 해당 업체는 공사 후 온데간데없이 사라졌다고 한다.

이제는 우리도 다른 선진국처럼 대사관이나 관저를 대대적으로 수리하거나 재건축할 때는 동포 업체의 선의나 건축 지식이 없는 영사에 책임을 떠맡기던 관행에서 벗어나, 일정 금액 이상의 공사에 대해서는 예산이 더 들더라도 중견 감리업체를 선정해 공정별로 정밀 감독해나갈 수 있도록 제도적 보완이 이루어져야 할 시점이 되었다.

예전에는 관저 행사나 심지어 호텔에서 개최되는 한국주간 행사에도 우리 문화 알리기 차원에서 외교관 부인과 민간외교관 역할을 하는 상사 주재원 가족들이 동원되어 새벽부터 수백 줄의 김밥을 싸거나 행사장 소개를 맡는 경우가 많았다.

요즘도 재외공관장 갑질 뉴스가 종종 보도되기도 하지만 다행히 예전에 비하면 이러한 잘못된 관행이 많이 줄어들었다.

또한 최근 들어 외교부 직원 셋 중 두 명은 여성이어서 공관장이나 영사 부인이 아니라 배우자로서의 역할이 요구되는 시대로 급격히 변모해 가고 있다.

나라가 잘살게 되면서 국경일 행사 같은 큰 행사는 대부분 호텔에서 개최되고 관저에서 개최하더라도 외부 용역업체에 맡기는 사례가 늘어나면서 공관장 배우자도 전통적인 관저 관리 청지기 역할에서 벗어나 현지 불우이웃 자선행사, 한국어와 한국문화 소개와 같은 민간 공공외교에 보다 많은 관심을 가질 수 있게 되었다.

주인의 뜻에 따라 자산을 관리하고 심지어 자녀교육까지 책임지던 중세의 청지기 역할이 이제 우리 재외공관에서도 시대적 변혁을 맞고 있다.

영원한 제국

LA 동포사회가 이룬 성공은 해외판 한강의 기적이라 할만하다.

법·제도·문화 등 모든 것이 낯설기만 한 이역만리에서 인류사에 유례없이 이민 1세대가 그것도 당대에 금자탑을 쌓아 올렸기 때문이다.

하지만 영광의 그늘이랄까? 이러한 동포사회 성공의 이면에는 모국과 미 주류사회 본보기가 되는 절대다수의 동포들을 낯부끄럽게 하는 추한 단상도 있다.

모국 정부 예산을 쌈짓돈으로 챙겨 자기들만의 영원한 제국을 꿈꾸는 남가주 한국학원 이사들이 그들이다.

이들은 과거 수백만 불의 정부 예산과 동포사회 성금으로 마련된 학교를 마치 자신들의 사유재산처럼 유용하려 든다. 제사보다 잿밥에 눈먼 꼴이다.

학생 수가 줄어들자 기다렸다는 듯이 불과 네다섯 명의 이사가 캘리포니아 비영리법에서 부여한 권한을 남용해 학교를 폐교한 것이다. 게다가 학교를 사전에 밀약해둔 모 사립학교에 20년간이나 통째로 임대를 준 게 아닌가.

부채를 상환하고 경영상의 책임을 지기는커녕 동포사회의 목소리마저도 철저히 외면한다. 동포사회는 시내 한복판에 있는 재팬하우스와 같이 우리도 시내 요지에 있는 학교를 재건축해 차세대 교육문화센터로 활용하자는 의견을 냈다. 그런데 이 학교 이사들은 눈도 깜빡하지 않는다.

급기야 범동포사회 비상대책위가 발족되어 관할 관청인 캘리포니아주 검찰에 임대계약 무효처분 청원을 냈다. 다행히 주 검찰이 이를 받아들였다.

주 검찰은 임대하려는 학교가 특정 종교법인에 속하는 사립학교로서 한인 뿌리 교육이라는 민족학교 정관에 위배되고, 임대가격이 주변 시세보다 터무니없이 낮으며, 2년 임기의 이사진이 결정하기에는 임대 기간이 지나치게 길고, 무엇보다 20년 임대라는 경영상의 중대 결정을 관할 관청인 주 검찰도 모르게 처리해서는 안 된다는 이유로 임대계약을 무효 처분했다.

미국에서는 개인이나 법인 간 금전거래나 채무, 횡령은 민사로 분류되어 일반 경찰서에서 사건접수조차 해주지 않는다. 각자가 변호사를 통해 법원에 소를 제기하는 수밖에 없다.

반면, 비영리법인 이사의 횡령이나 비리, 잘못된 경영상 결정에 대해서만큼은 형사사건으로 분류해 엄중하게 다룬다. 비영리법인에 기부금 접수와 세금 혜택 등 특권을 주어 시민사회 중심의 커뮤니티 발전을 지원하면서도 이사의 부정행위에 대해서는 끝까지 책임을 묻는다.

이는 보통 미국인들이 비영리법인 이사직을 수락할 때에는 반드시 법인 명의로 손해 보장보험이 들어있는지와 책임 범위가 어디까지인지를 사전에 꼼꼼히 챙기는 이유이기도 하다.

남가주학원 이사들은 책임과 의무는 저버리고 오로지 감투와 기득권, 모국 정부지원금 유용에만 골몰하는 모습이다. 이들은 영사관이 발행한 11개 토요학교별 지원금 수표를 다시 거둬들여서 이를 관리해준다는 명목으로 이사회 운영 비용으로 3할에 가까운 수수료를 뗀다.

서로 다른 회사가 지갑을 공유하면서 한솥밥을 먹는 격이다. 이렇게 함으로써 일반 학부모와 대부분이 자원봉사자인 교사들의 의견은 철저히 무시될 수밖에 없는 상황을 만들어낸다. 애당초 경영과 회계 분리가 작동할 수 없는 구조다.

이렇다 보니 총영사관이 학교별 집행 내역과 회계자료 공개를 요구해도 캘리포니아 비영리법인 운영에 대해 외국인인 총영사가 왜 간섭하느냐고 반대한다.

실제로도 제대로 된 회계서류가 있을 리 만무해서 실제 주인인 한인사회가 회계서류를 공개하라고 요구해도 수년째 무대응으로 일관하고 있다.

급기야 본국 정부에 건의해 27만 달러 상당의 정부지원금을 중단했지만 달라지는 기색이 없다.

해외 2천여 개의 토요한글학교와 30개가 넘는 정규 한국국제학교 대부분은 차세대 뿌리 교육의 산실로서 모범 운영되고 있다.

그러나 이러한 일부 몰지각한 인사들의 독단과 비리로 차세대 뿌리 교육을 위해 평생 헌신해온 많은 분들의 희생이 희석되고 있어 안타깝기 그지없다.

80만 한인이 살고있는 LA의 한복판에 우리도 차세대를 위한 커뮤니티 공간 하나쯤 가질 수는 없는 것일까?

"총영사님! 여건이 조성되면 저도 힘을 보태겠습니다"라고 통 큰 기부 의사를 전해오는 동포유지들에게도 면목이 없다. 국민의 세금으로 해외 뿌리 교육을 위해 지원되는 교부금을 유용하면서 뿌리 교육을 인질로 삼아 적반하장격으로 본국에 투서질까지 해 댄다.

얼마 전 국회 본회의에서 비리 사학의 잔여 재산을 국고로 환수하는 일명 먹튀 방지를 위한 사립학교법 개정안이 통과되었다.

일부 몰지각한 민족학교 이사들의 비리와 독단을 막고, 법적으로 미 시민권자인 이들 비리 이사에 휘둘려 각 공관의 재외동포 업무가 몸살을 앓는 상황이 재연되지 않도록 미국판 먹튀 방지법이라도 만들어져야 할 판이다.

8·15 경축사 해프닝

광복절 기념행사에서 뜻밖의 일이 일어났다.

식순에 갑자기 미국 국가가 먼저 연주되고 대통령 경축사 대독 순서도 맨 뒤로 밀려나 있었다.

한인 대표 개회선언과 기념사에 이어, 미 서부지역 광복회장 기념사, 합창 기도가 모두 끝난 뒤에서야 대통령 경축사 대독이 있었던 것이다.

해외에서도 매년 대사관이나 영사관에서 3·1절이나 광복절 기념행사가 개최된다. 물론 현지 사정과 관행에 따라서는 큰 강당이 있는 한인회나 한국학교에서 개최되는 경우도 적지 않다.

하지만 이렇게 식순 자체가 문제가 된 적은 처음이라 당황할 수밖에 없었다.

미국에서는 한인 세 명 가운데 두 명은 시민권자이다. 따라서 일반 동포 행사의 경우, 시민권자 충성 서약을 의식해 미국 국가가 먼저 연주되는 경우가 많다. 그래서 혹시나 하는 마음에 동포 영사로 하여금 8·15 광복절 행사만큼은 주최 측과 사전에 식순을 잘 조율하도록 당부해두었다.

누구나 국적에 상관없이 모국의 독립을 경축하는 같은 한인의 마음으로 행사에 참석하므로 애국가 제창과 VIP 경축사 대독이 우선시되는 것은 당연한 일이라고 생각했기 때문이다.

그러나 실제 행사장에 도착해보니 안내서에 행사 진행 순서가 잘못되어 있었다. 하는 수 없어 사회자에게 행사가 진행되는 도중에 자연스레 순서를 조정해주도록 현장에서 요청까지 해두었다. 그런데도 결국 순서는 바뀌지 않았다.

나는 대통령 경축사 대독을 위해 단상에 오르자마자 대본에 없는 말을 꺼냈다.

"외람되지만 내년부터는 애국가를 먼저 부르고 대통령 경축사 대독도 순서를 모두로 조정해줄 것을 간곡히 당부드립니다"

내년에도 이런 일이 반복되어서는 안 된다는 생각이 앞섰고 영사관 입장에서도 무엇보다 만일 VIP가 순방하는 행사였다면 대형 의전사고가 되었을 것이라는 생각마저 들었다.

이튿날 모 동포언론에는 "총영사인가 총독인가?"라는 비판 기사가 크게 실렸다. 좀 참을 걸 공식 석상에서 경솔했구나라는 후회도 없지 않았다. 하지만 한편으로는 많은 참석자가 어린 학생이라는 점을 감안하면 이를 짚고 넘어가는 것이 옳았다는 생각도 들었다.

100년 전에도 한인들의 행사가 미국 땅에서 열렸다.

3·1 독립운동 한 달 뒤 1919년 4월 14일부터 16일까지 3일간 필라델피아에서는 독립 구호를 외치는 거리행진이 있었다.

서재필 선생을 비롯한 한인 300여 명이 모여 대한독립만세를 외치며 미국 독립기념관으로 행진했다.

그로부터 1년 뒤인 1920년 3월 20일 캘리포니아 중부 리들리 시에서는 폭우로 현장 착륙은 무산되었지만 윌로우스 항일 비행학교 J-1 훈련기 공중 쇼와 대규모 행진 축제가 성황리에 열렸다.

이 축제에는 현지 미국인들까지 몰려들어 대한독립만세와 대한

한인자유대회. 1919년 4월 14일부터 16일까지 3일간 재미동포들은 독립구호를
외치며 시위행진을 했다. 사진 제공: 독립기념관

제국의 주권적 평등을 널리 알리는 기회가 되었다.

 캘리포니아에서 활동한 대한여자애국단, 대한인국민회, 청년
혈성단 등 미주지역 독립운동 단체들 역시 대한독립을 위한 같은
한인의 마음으로 태극기를 흔들며 애국가를 열창했다.

노숙자 문제의 딜레마

로스앤젤레스는 '천사의 도시'라는 뜻을 지니고 있다. 그런데 길거리로 나서보면 아름다운 도시 이름이 무색할 정도로 노숙자 천국이다.

이렇게 노숙자가 많아진 이유는 연중 쾌적한 날씨 때문이라고도 한다. 미 전국에서 노숙자들이 따뜻하고 생활하기 좋은 곳으로 몰려든 탓이라고 한다. 하지만 근본적으로는 시장 만능주의가 빚어낸 구조적 불평등 때문이라는 지적이 더 많다.

인구가 400만 명인 LA시의 길거리에서 생활하는 노숙자는 얼마일까? 무려 58,000명에 육박한다. 그러고 보면 시민 70명당 1명이 노숙자인 셈이다. 인구 1천만 명인 LA 카운티 전체를 기준으로 봐도 200명당 1명이 노숙자이다. 시 차원에서 보면 커다란 사회경제적 부담이 아닐 수 없다.

일반 시민이나 건물주 입장에서도 그 피해는 이만저만이 아니다.

인근에 노숙자 텐트가 하나둘씩 늘어나기 시작하면 거리가 슬럼화되고 상권이 죽어가기 시작해 이윽고 주택과 건물 시세가 곤두박질친다. 무엇보다 치안이 악화되면서 주민의 신변안전과 복지가 사회 이슈화되고 인근 학교 교육환경도 엉망이 된다.

요즘 LA 한인타운도 노숙자 문제로 골머리를 앓고 있다.

에릭 가세티 시장과 허브 웨슨 시 의장이 기자회견을 통해 한인타운 구역에 노숙자 쉘터를 짓기로 발표하면서다.

동포사회는 탑다운 식 밀실 행정에 분노했고 할리우드 등 15개 구역 가운데 유독 한인타운을 시범사업 후보지로 먼저 지정한 것에 대해 반대 입장을 분명히 했다. 때마침 방한한 에릭 가세티 시장이 이낙연 국무총리를 예방할 때에도 이러한 동포사회의 입장이 존중될 수 있도록 주문했다.

매주 주말마다 수천 명의 한인들이 반대 시위에 나서면서 영사관도 입장이 난처해졌다. 외국 공관이 사회적 약자를 위해 쉘터를 짓겠다는 LA시 당국 시책에 우리 교포들이 거주하는 한인타운이라 안 된다는 이유만으로는 반대 입장을 관철시킬 수 없어서였다.

어떻게 할까 고민한 끝에 시장실에 공식 서한을 보내기로 했다. 내용인즉, 한인타운 내 노숙자 쉘터 조성 자체를 반대하지는 않으나 공청회 등 주민 의견수렴을 위한 민주적 절차가 선행되어야 한다는 것이었다.

아무리 시 땅이라 하더라도 특정 지역을 사전에 정해놓고 밀어붙이기식은 민주적이지 않다는 메시지를 담았다. 아울러 두세 개 후보지를 제안해주면 상권과 인접 학교에 대한 영향을 고려해 협조할 의향이 있다는 사실도 전달했다.

이즈음 또 하나의 어려움이 있었다. LA 한인타운 구역 절반을 방글라데시 구역으로 흡수하려는 주민투표가 발의되었던 것이다. 그런데 이렇게 설상가상으로 덮쳐온 이슈가 오히려 한인사회를 똘똘 뭉치게 하는 계기가 되어 노숙자 쉘터 문제를 풀 수 있는 힘이 되었다.

한인타운 역사상 유례없이 LA시의원 두 명의 당락을 결정할 수 있는 3만 명의 한인 표심이 한꺼번에 결집된 것이다. 특히, LA 한인회와 윌셔주민연합을 위시해 한인 동포사회가 한목소리를 내며 행동으로 나서게 된 것이다.

LA시는 급기야 입장 변화를 보이기 시작했다. 결국 가세티 시장과 한인타운 일부를 지역구로 가진 웨슨 시 의장도 양보안을 제시할 수밖에 없었다.

결국 노숙자 쉘터 위치가 한인타운 경계선에 있는 시유지로 변경되기에 이르렀다.

28년 전 LA 폭동 이후 달라진 한인사회의 위상을 보여준 쾌거였다. 하지만 또 한편으로는 동포사회가 말 못 할 속사정도 있다. 영사관 인근을 비롯해 LA에는 140여 명의 한인 노숙자가 있는데 사업에 실패하거나 서울에도 돌봐줄 친지나 가족조차 없는 딱한 경우가 대부분이다.

그 가운데 일부는 거리에 나돌면서 마약 등에 손을 대서 귀국 자체를 원하지 않는 경우도 있고, 정신건강에 이상이 생겨 이중고를 겪는 경우도 적지 않다.

이들을 긴급구난 형식으로 본국에 송환하려 해도 국내 수용시설이 마땅치 않은 데다 LA시 경찰과 보건 당국, LA 공항 측의 사전 협조 없이는 불가능하다.

다행히 요한 김 신부, 아버지 밥상교회 등 현지 노숙자 봉사단체들이 매일 수천 명의 노숙자에게 음식과 임시숙소를 제공하면서 이 사실이 밖으로 알려져 한인사회가 사회적 약자인 노숙자 쉘터 자체에 반대하는 것은 아니라는 여론이 확산되고 있다.

국내에서도 민간단체인 재외한인구조단 등이 해외 한인 노숙자들의 귀국과 재정착을 돕고 있다. 재외국민 영사 조력에 있어서도 민관 협업이 어느 때보다 절실한 때다.

그랜드 캐니언 추락사고

청와대 국민청원 게시판에 안타까운 사연이 올라왔다.

해외 유학을 마치고 그랜드 캐니언에 여행 온 대학생이 귀국을 하루 앞두고 추락사고를 당했는데, 고국인 대한민국 품에 돌아갈 수 있도록 도와달라는 내용이었다.

가족과 현지 병원 관계자에 연락해 보니 사정이 무척 어려웠다.

환자는 여러 차례에 걸친 수술에도 불구하고 무의식 상태로 호전될 기미가 없었다. 게다가 누적된 치료비와 국내 귀국 비용도 문제였다. 학생 의료보험도 졸업과 동시에 만료가 되어 더 이상 효력이 없었다.

병원 측도 무한정 치료를 제공해 줄 수 없는 처지였다.

사건이 개인의 과실에 의한 실족사고이고 테러나 내란 등 국가적 구난의 긴급성도 결여하고 있어 원칙만 따지자면 지원대상은 아니었다. 하지만, 장기간 치료 필요성과 막대한 치료비, 해외여행 중 의도하지 않은 불의의 사고라는 점에서 최소한 본국으로의 긴급수송이라도 지원하자는 생각에서 본부에 가능 여부를 묻는 전보를 쳤다.

본부는 국내에서 발생하는 일반 사건·사고와의 형평성 때문에 해외로 항공 구급차를 파견하는 것에 대해 고심 중이었다.

그러는 사이에 다행히 이곳 대한항공 법인장으로부터 인도적 차원에서 라스베이거스를 출발해 서울까지 긴급 환자수송을 검토할 수 있다는 연락이 왔다. 한줄기 희망의 빛을 바라보는 느낌이었다.

곧바로 병원 측에 문의해 보니 환자 상태가 의료적으로는 안정적인 상태여서 일반 항공기 이송이 가능하다는 답변이 왔다. 비행 중 별다른 치료가 필요하지 않으므로, 산소호흡기 부착 상태에서 튜브를 통한 영양공급과 투약을 담당할 간호사만 있으면 전문의가 동행하지 않아도 이송이 가능하다는 것이었다.

학생의 국내 모교에서도 이송을 검토했지만 만일에 있을지도 모를 책임 문제가 염려되어 의료진 파견을 미루던 터라, 대한항공 법인장이 건네는 구원의 손길을 놓치기가 아까워 가족과 즉각 협의 끝에 출국 날짜를 잡았다.

그 사이 기적이 일어났다. 담당 의사는 소생 가능성이 1% 미만이라고 판단했지만, 환자가 손발가락을 약간씩 움직이기 시작했다. 간헐적으로 작은 소리로 "엄마"라고 부르기도 했다. 아직 미미하지만 환자가 호전될 수 있다는 희망이 싹텄다. 이런 변화를 본 가족은 좀 더 연장 치료를 하길 원했다.

그러나 병원 관계자가 의료기록을 보내 사전 협의가 필요하다면서 국내 어느 병원으로 갈지를 자꾸 문의하자 가족은 더욱 불안하게 되었다. 현지 변호사로부터 미국에서는 병원이 치료비 체납을 이유로 환자의 치료를 거부할 수 없다는 자문을 듣긴 했지만, 그럼에도 환자를 둔 가족 입장에서는 이로 인해 행여 조금이라도 치료가 소홀하게 되지는 않을까 우려하는 표정이기도 했다.

항공사에 가족의 뜻을 전달하고 상황이 호전되는 대로 다시 일정을 잡기로 했는데 이번에는 언론 대응이 문제였다. 개인정보 및 가족 보호가 중요한 만큼 담당병원이나 환자에 대한 정보를 공개하지 않으면서 국내 이송을 주선하는 것은 고스란히 영사관의 몫이었다. 해당 여행사가 어디고 차량이나 탑승자 사고보험을 들고 있었는지, 실제 사고 경위와 현지 법에 따라 여행사 안전가이드가 동행했는지에 대한 인터뷰 쇄도도 마찬가지였다.

다행히 사고 발생 52일 만에 가족의 뜻에 따라 환자 국내 이송이 완료되었다. 재외공관 영사 조력의 기본은 사건·사고를 당한 우리 국민의 생명을 최우선시하고, 가족을 위로하고 본인과 가족의 뜻을 존중하는 것에 있음은 두말할 나위가 없다.

이번 추락사고 외에도 죽기 전에 여행이라도 해보고 싶다고 자매와 함께 그랜드 캐니언을 방문한 루게릭 환자가 갑자기 쓰러져 무의식 상태에 빠진 일이라든지, 불의의 사고나 질병으로 해외여행 중 현지 병원 신세를 지는 사례가 늘어나고 있다.

해외여행 시에 각자가 반드시 여행자 보험을 통해 자신과 가족의 안전을 챙기고 현지 여행사 선정 시에도 안전가이드 동행과 단체보험 가입 여부를 꼼꼼히 챙기는 습관은 필수다.

영사 조력 사각지대

요즘 영사 조력에 대한 갑론을박이 뜨겁다.

매년 세계 인구의 1/5인 14억 명이 해외여행을 하고, 해외 취업과 이민, 국제결혼이 증가하는 추세로 과거와는 차원이 다른 복잡한 영사 사건이 해일처럼 밀려오고 있어서다.

이처럼 영사 현안이 일상화, 복잡성, 세계화 경향을 보이고 있어 현장에서 일하는 영사들의 애로도 동시에 늘어나고 있다. 실제로 영사관 주례회의를 하다 보면 대부분의 영사가 일주일 내내 야간 당직을 서며 겪은 심리적 고충을 토로하는 목소리를 많이 듣게 된다.

영사 중 상당수는 영사 경험이 없는 타 부처 출신 주재관도 많은데 이들의 이야기를 들어보면, 민원인으로부터 전화를 받고 도움을 드리려 해도 상식과 도를 벗어난 일을 요구해 당황스러운 적이 한두 번이 아니라고 한다.

납치나 테러, 항공기·선박 사고와 같이 위험이 현존하고 긴박한 경우에는 당연한 일이지만, 단순한 술주정이나 시비 전화로부터 시작해 심야에 택시가 안 잡힌다는 원성까지 온갖 이유로 민원을 넣는 일이 비일비재하다. 심지어 자신의 부주의로 여권을 잃어버렸는데도 휴일이나 심야에 영사관 긴급 라인으로 전화를 걸어 당장 여권을 재발급 해달라고 요청한다. 그런가 하면 통신이 어려운 고산지를 여행 중인 자녀와 휴대전화 연결이 안 된다며 한국에 있는 가족이 수화기 너머로 목소리를 높이기도 한다.

국제법상 자국민 보호 규정이 현실과 동떨어져 있어서 현실적으로 영사 조력이 어려운 경우도 많다. '영사관계에 관한 비엔나 협약'에 따르면 현지 법 위반으로 체포 또는 구금되어 있는 자국민과 영사 사이에서는 주로 통신과 영사 면담만이 보장되는 소극적 의미의 국제규범이 적용된다.

3년 전 서울에서 열린 세계영사포럼의 의제 역시 협정비준 당시 생각하지도 못한 영사 현안에 어떻게 대응할지, 이를 위한 새로운 국제규범을 어떻게 합의해 나갈지에 집중되었다.

한 사람이 두 개 이상의 국적을 보유한 복수 국적자의 경우, 영사보호 관할권 자체에 다툼이 생길 수 있고 지진이나 큰 산불과 같은 불가피한 자연재해, 대규모 난민 발생 시에 이를 규율할 국제규범도 전무한 실정이다.

국내에서 다문화 가정이 늘어나면서 가정불화로 부모 일방이 자녀를 데리고 동남아나 제3국으로 아예 귀국·잠적해 버리는 아동 탈취 사례가 발생하는 것도 마찬가지로 영사 조력에 대한 범주를 다시금 생각하게 한다.

미국이나 유럽, 중남미 등 대부분의 국가에서는 미성년 아동이 해외출국을 할 때는 부모가 같이 동행해야 하고, 아빠나 엄마 한 사람이 자녀를 데리고 나가려면 다른 배우자의 서명이 들어간 해외출국 동의서를 변호사 공증을 받아 휴대해야 한다.

하지만 아직까지 우리나라에는 이러한 제도가 없다. 그래서 누가 봐도 실종 사건이 아닌데도 국내 가족들은 경찰서에 실종 신고를 해 재외공관의 도움을 얻으려는 경우가 적지 않다. 부모 중 한쪽이 독단적으로 자녀를 영영 외국에 데리고 나가 버린 경우, 이를 처벌할 법이 존재하지 않기 때문에 자녀를 국내로 강제로 데려올 수 없기 때문이다.

게다가 영사가 다방면으로 애쓴 끝에 설령 아이를 데려간 부모

일방의 연락처를 찾아냈다고 하더라도 현지 사법부 판결 없이 임의로 자녀를 데려오는 것은 불가능하다. 어떤 국가도 자국민을 아동 탈취범으로 기소하려 들지 않기 때문이다.

이 밖에도 캘리포니아의 경우 실제 선박이나 항공기 사고, 대규모 총기 테러와 같이 국내 가족이 피해 여부를 애타게 문의해도 현지의 개인정보 보호법상 실제 영사 조력이 크게 제약되거나 사실 확인을 하는 데에 많은 시일이 소요되는 경우가 허다하다. 사망자 리스트나 부상자 리스트를 영사관이나 제3자에 직접 알려주지 못하도록 현지 법상 금지되어서 더욱 그렇다.

한편 안타깝게도 미주 한인 자살률은 미국 사회 평균 자살률을 두 배나 웃돈다. 이러한 한인 자살률도 영사 업무의 딜레마 중 하나다. 미국 전체로 보면 매년 200명의 한인들이 극단적 선택을 하는데, 이는 1주에 4명꼴이다. 한인 정신건강에 빨간 불이 켜졌지만, 영사관의 지원만으로는 해결할 수 없는 영역이다. 즉, 영사 조력의 사각지대라 할 수 있다.

자살예방 교육, 아동폭력 예방 프로그램을 상시 운영 중인 LA한인가정상담소와 같은 한인단체, 시민사회의 관심과 역할이 고마운 이유다.

대한제국 재외국민보호 실패의 교훈

구한말까지만 해도 조선 사람은 조선에 사는 백성이었다.

그 이면에는 이민 금지와 쇄국정책이 있었다.

조선에서 이민에 대한 부정적 인식이 바뀌기 시작한 것은 고종 33년인 1896년, 특명전권공사로 니콜라이 황제 대관식에 참석한 민영환 선생에서 비롯된다. 그는 귀국길에 시베리아를 횡단하면서 한인 이주자들과 조우하게 되는데 이때 그들을 단순히 조국을 등지고 떠난 사람들로만 보아서는 안 된다는 시각을 갖기 시작했다.

이 한인들의 비공식 북방 이주의 효시는 1863년 어느 날로 거슬러 올라간다. 조선 농가 14가구가 두만강을 건너 연해주에 터를 잡았다. 이듬해 러시아 당국으로부터 정착허가까지 받았다. 이는 러시아가 변경 개발을 위해 이민자를 받아들이는 정책을 펴면서였다. 이후 1860년대 말까지 함경도 지방에 오랫동안 가뭄과 대기근이 발생하면서 한인들의 북방 이주가 현실화되기 시작했다.

구한말에도 전쟁과 기근, 전염병 창궐 등으로 한인들의 북방 이주가 가속화되었다. 이른바 조선의 경제적 난민이었다. 민영환 선생이 귀로에 만난 한인 이주자들이 바로 이들이었다.

이민에 대한 새로운 시각을 갖게 된 민영환 선생은 1902년 대한제국 이민 및 해외여행 사무를 관장하는 초대 수민원 총재가 되어 제물포 항에서 출발하는 하와이 이민자 102명에 대해 집조를 발행했다.

수민원은 1902년 외국여행권을 관장하기 위하여 설치되었던 궁내부 산하 관서로 집조는 지금으로 말하면 여권과 같은 통행증이다.

영국 겔릭 호를 타고 1903년 1월 13일 하와이 사탕수수 농장에 도착한 이들이야말로 대한제국의 공식 이민 허가를 받은 첫 이민자들이었다.

두 번째 공식 이민자는 1905년 5월 15일 멕시코 유카탄반도에 내린 1,033명의 한인들이었다. 목포, 부산, 군산, 인천 등 전국 11곳에서 모집되어 유카탄에 도착한 이들은 어저귀 농장에서 노예와 같은 생활을 강요당했다.

대한제국도 한인 이민자들이 이곳에 거주하고 있다는 사실을 까마득히 모르고 있었으나 1905년 6월 30일 자 중국『문흥일보』에 실린 이들의 참상이『황성신문』에 인용 보도되면서 국내에도 알려지게 된다.

우리 역사상 재외국민보호 외교의 첫 시도도 여기서 시작된다.

임진왜란 때와 같이 포로로 잡혀간 수만 명에 대한 송환 교섭은 그전에도 이미 있었지만, 이것은 자의에 반하여 강제로 끌려간 조선인을 원상회복하는 차원의 협상이었다.

이처럼 역사적 사건이나 계기로 볼 때 외국으로 나가게 된 한인들은 존재했지만 유카탄 한인과 같이 정부 허가를 받고 떠난 공식 이민자들과는 성격이 달랐다.

이러한 유카탄 한인들의 참상을 접한 대한제국은 이들을 보호하기 위해 백방으로 노력해보지만 일제의 방해로 수포로 돌아가고 만다.

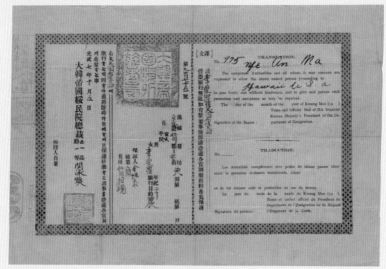

수민원은 1902년 외국여행권을 관장하기 위하여 설치되었던 궁내부 산하 관서로 집조는 지금으로 말하면 여권과 같은 통행증이다.
사진은 이애라 씨 여행권. 사진 제공: 독립기념관

윤치호 차관이 실태 조사를 위해 멕시코로 출발했으나 경유지 요코하마에서 중도 귀국하게 된다. 일제가 임명한 미국인 외교 고문 스티븐스가 전화해서 박제순 신임 외무대신 명의 전보라고 하면서 도중에 한성으로 돌아오도록 한 것이다.

1905년 10월 26일 박제순이 스티븐스에게 보낸 전보문에 여비 600엔이 고종 황제의 하사금이라고 고자질한 것만 봐도 그렇다.

윤 차관은 충분한 여비만 있으면 가볼 준비가 되어있다고 보고했지만 결국 스티븐스의 방해와 뒤이은 11월 17일 을사늑약 체결로 대한제국 외교권이 통째로 박탈되는 바람에 멕시코행은 무산되고 말았다.

이로써 대한제국이 멕시코와 양자 구도에서 영사관 개설 교섭을 통해 일본에 외교권을 빼앗기지 않으려는 노력이 아무런 소용이 없게 되었고 이에 따라 영사 조력에 의한 유카탄 한인 보호는 영영 실패로 끝나고 만다.

나치의 박해와 학살을 피하기 위해 다른 나라 영사관의 선의에 의지해야 했던 2차 대전 당시 유럽 대륙의 유대인처럼, 국가가 자국민을 외교적으로 보호할 수 없었던 유카탄에서와 같은 근대사의 아픔이 다시는 되풀이 되어서는 안 될 일이다.

이곳 LA 동포사회의 가계소득은 서울 강남구보다 높다. 그럼에도 정부는 차세대 뿌리 교육과 동포단체 육성을 위해 지원을 아끼지 않고 있다. 딸을 시집보낸 부모의 마음처럼 어디에서 어떤 나라 사람으로 살아가더라도 한인으로서의 정체성을 잊지 않고 잘 살아가도록 하는 바람에서다.

한계
국가

LA 폭동

LA 폭동과 관동 대지진은 두 가지 공통점이 있다.

하나는 소수민족인 해외 한인들이 희생양이 되었다는 것이고, 다른 하나는 현지 경찰의 잘못된 대응이 불러온 인재라는 사실이다.

1992년 4월 29일 일어난 LA 폭동의 발단은 과속운전으로 체포된 로드니 킹 재판이었다.

체포과정에서 폭행을 가한 백인경관 4명이 배심원 판결을 받고 그날 오후 풀려나면서 엉뚱하게 한인타운이 희생양으로 전락한 것이다.

한 해 전인 1991년 6월 한인 박태삼의 흑인 살해 사건과 11월 오렌지주스 한 병을 훔쳐 돌아서는 15세 어린 흑인 소녀를 권총으로 쏜 두순자 여인 사건이 각기 정당방위와 집행유예 판결을 받았지만, 폭동의 직접적인 도화선은 LA 경찰 당국의 잘못된 대응이었다.

정의 구현을 외치던 흑인 데모대가 폭도로 변하자 윌슨 캘리포니아 주지사는 비상사태를 선포하기에 이른다. 그리고 한인타운을 포함한 위험지역에 야간 통행금지를 발령한다. 하지만, LA시 경찰이 한인타운 쪽으로 향하던 폭도 진입을 제지하지 않고 방치한 데다 경찰력을 동원한 야간 통행금지 단속을 포기함으로써 한인타운의 참극이 일어나게 되었다.

다음 날인 30일 오후 2시 한인타운은 이미 전 지역이 폭도의 아수라장으로 변해버렸다. 뒤늦은 연방군 투입이나 한인 피해에 대한 부시 대통령의 유감 표명은 버스가 떠난 뒤의 손 흔들기와 같았다.

설상가상으로 자신의 가게 앞에서 약탈과 방화를 막아선 일부 한인들의 자위권 행사 모습이 현지 언론에 폭도로 잘못 보도되면서 경찰력 개입이 더욱 늦어졌다. 반면, 한인타운 인근의 차이나타운과 재팬타운, 백인 집단거주 지역인 할리우드는 주 방위군과 해병, 공수 부대까지 투입된 가운데 철저히 보호를 받았다.

만일 관동 대지진 때의 조선인 학살 방조가 '조선인 폭동 징후가 보일 때는 엄정 단속' 하도록 일제 군경이 각 지방부서에 미리 내려보낸 훈령에서 비롯된 것이라면, LA 폭동은 사태 초기에 LA 경찰 당국의 진압 실패와 방임에서 비롯된 것이었다.

차종환·민병용·강득휘 씨 공저 『LA 4·29 폭동과 장학재단』 책에서는 LA 폭동을 한인이민 100년사에 가장 불행한 사건으로 기록하고 있다.

아메리칸 드림이라는 우리만의 폐쇄적 성공신화가 얼마나 취약해질 수 있는지, 개인 차원에서 각자 정치적 기부도 하고 나름대로 주류사회 네트워크도 구축했지만, 동포사회 스스로 정치력을 키우지 못했다는 자성론이 분출했고 다인종 사회에서 더불어 사는 포용력 부족도 제기되었다.

더 큰 문제는 동포사회 내 거버넌스 문제였다.

여러 동포 언론사를 통해 세계 각지와 본국에서 1,100만 달러가 넘는 천문학적 성금이 모였고 이와는 별도로 대한적십자사도 총영사관을 통해 453만 달러를 전달해왔다. 문제는 지원 방식과 피해 대상에 대한 이견으로 동포사회를 대표하는 총괄기구가 발족되지 못한 데 있었다. 결국 성금 창구 역할을 했던 동포 언론사가 직접 피해업소 리스트를 작성해 주먹구구식 지원에 나섰고 실제 얼마나 어떻게 지원되었는지를 아무도 알 수 없는 지경에 이르고 말았다.

총영사관도 중재는커녕 대한적십자사 송금액 배분을 놓고 한인 사회와 수년째 갈등의 골만 깊어 갔다.

당시 나는 정원식 총리를 대표로 하는 위문단 실무 수행원으로 LA를 방문했는데, 갈라진 한인회와 피해자 단체가 서로 정통성을 주장하는 바람에 총리 위문금도 전달하지 못한 채 영사관에 맡기고 떠나야 했다. 더욱이 차세대 장학기금 마련을 위해 성금 130만 달러를 들여 매입한 LA 시내 구 MBC 건물이 오래전에 불법 매각되어 소중한 동포사회 자산이 공중 분해된 사실은 2017년 부임해서야 알게 되었다.

그러나 다행히 이러한 아픔을 딛고 LA 동포사회는 다시 일어섰다.

이제는 LA 경찰국의 2인자가 한인이고 한인타운 각 파출소에도 한인 경관이 상당수 배치될 정도로 날이 갈수록 한인의 주류사회 진출이 늘어나고 있다.

캘리포니아 전체에서는 검사만 120명이 넘고 판사도 30여 명에 달한다. 또한, 한미 경찰위원회와 같은 동포단체가 LA 경찰 당국과 상시 네트워크를 유지하면서 문화와 법 인식 차이로 인한 선의의 피해방지를 위해 협력해나가고 있다.

얼마 전 경찰의 과잉 공권력 행사로 인해 조지 플로이드가 사망하는 사건이 일어났을 때 "흑인 생명도 소중하다" 캠페인에 한인들이 적극 동참했다. 그럼에도 불구하고 LA 한인타운에 주 방위군이 사전 배치된 것은 달라진 동포사회의 위상을 말해주는 대목이라 할 수 있다.

닻을 올리면, 답이 내려온다

번아웃 증후군, 속이 빈 껍데기, 항구에서 쓸쓸히 죽어가는 배

LA에 와서 인턴 생활 중인 김 모 군은 불과 6개월 전 자신의 모습을 이렇게 표현했다.

정부와 지자체·대학·산업인력공단·코트라KOTRA 등 유관기관의 지원으로 LA에 온 청년 인턴들의 경험을 모아 영사관이 발간한 J-1 인턴 수기집에서다.

김 군은 군 복무 중 좋아하는 음악을 마음대로 못하게 되어 우울증을 호소한 소대원이 퇴원하던 날 소대장으로서 오히려 그가 부러웠다고도 썼다. 그는 자신을 알고 자기가 무엇을 좋아하는

지 알기 때문에 아픈 것도 잘 알고 도움을 받아 마음의 병을 치유했지만, 거울 속에 비친 6개월 전 자신의 모습은 전혀 아니었다고 술회했다.

LA에 인턴으로 와서도 이질적인 문화와 언어 장벽, 그리고 태어나서 처음 해보는 허드렛일에 대한 중압감과 시행착오로 인턴 생활 초반에는 출근 전 꼭 한 번씩 한국으로 돌아가는 비행기표를 알아보았다고 했다. 그는 혼자 힘들고 절망의 벽을 느꼈을 때를 회상하며 후배들에게 이렇게 썼다.

'배가 죽어가는 때는 험난한 바닷가에서 생사를 다툴 때가 아니라 닻을 내리고 항구에서 잠들 때'라는 글귀를 읽고 큰 울림을 얻었다. 그렇다. 배와 우리는 항해하기 위해 만들어졌다. 그곳이 어디든 당신이 원하는 곳으로의 항해라면 망설이지 말고 닻을 올려라. 답이 내려올 것이다.

국내 산업이 공동화되고 일자리마저 중국·동남아 등 신흥시장으로 빠져나가는 요즘, 코로나 사태로 인한 급속한 비대면 사회로의 진전은 청년들의 한숨과 시름을 더욱 깊게 하고 있다.

설상가상으로 AI·5G로 대변되는 차세대 기술혁명은 고용시장의 구조적 대변환을 예고하고 있다.

90년대 중반부터 청소년 교류와 견문 확대를 위해 외교부가 캐나다·호주 등과 시작한 청소년 관광취업프로그램은 이제 자그마치 4~5만 명 상당의 우리 청년들이 세계 각지에서 인턴십을 경험할 수 있는 창구가 되고 있다. 역으로 보면 그만큼 국내 청년 취업 시장의 고충을 말해주고 있다.

이 점에서 싱가포르 교육 정책은 우리에게 시사하는 바가 크다.

인구 530만 명에 종합대학이 3개뿐인 싱가포르는 일반대학 정원이 고3 학생의 27%에 불과하다. 그것도 유명 외국계 의과대학이나 공과대학·디자인대학을 투자 유치해서 인정해 준 정원까지 포함해서다.

이들 외국대학 분교는 우리와는 달리 시장경쟁 논리가 도입되어 영리 추구가 허용될 뿐만 아니라 싱가포르 산업경쟁력 차원에서 꼭 필요한 직능분야만 선택적으로 유치된다.

대신 대부분의 학생들은 중고등학교 때부터 폴리텍이라는 단기 직능대학 진학을 준비해 졸업하자마자 산업현장에 투입된다.

역내 허브로서의 이점을 활용해 예컨대 항공기와 선박 수리 관련 직능대학을 설립해 매년 수천 개의 일자리를 창출해낸다든지, 오일 허브·기업 전시와 상담 허브·의료관광 허브 등 미래 먹거리

산업에 대한 20~30년 앞선 선제 투자를 통해 일자리 생태계를 조성한다. 일반대학과 단기 직능대학 교육 과정도 이와 연동해 운영함으로써 시너지를 높이고 있다.

우리도 70~80년대 고도 성장기에 생겨난 균질 인재 양산 체제에서 탈피해 미래 산업구조까지 염두에 둔 산업연동형 학제로 재편이 절실한 때다.

청년들이 답이 내려오길 기다릴 게 아니라 스스로 닻을 올릴 수 있는 노하우를 터득할 수 있도록 뒤에서 돕는 것이야말로 기성세대의 책무다.

캘리포니아 임대규제법

요즘 집값 널뛰기로 온통 난리다.

지난 2007년 뉴욕 영사로 근무할 때도 국내 상황은 엇비슷했다. 미국에서 서브프라임 금융위기가 불어닥칠 때였는데 국내 부동산 가격은 아랑곳없이 천정부지로 치솟았다.

당시 경제영사였던 나는 모 투자은행 내부보고서를 입수해 본국에 보고했는데 5년 내 서울이 도쿄처럼 될 가능성이 있다는 예측이었다.

요지는 두 가지였다. 하나는 한국 정부가 손 놓고 있으면 일본에서처럼 5년 내 부동산 버블이 터져서 그 피해는 고스란히 서민의 몫이 될 것이고, 다른 하나는 서울은 뉴욕이나 도쿄에 비해 부동산 시장 차별화가 덜 되어있어서 저평가된 특정 지역의 미래 투자수익이 높을 수밖에 없으므로 공급확대와 규제 도입 병행이 필요하다는 내용이었다.

자본주의 시장 논리를 율법과 같이 섬기는 미국 투자은행이 시장개입 필요성을 개진한 것이 의외였고 실제로도 당시 미국에서는 서브프라임 위기 하에서 담보 대출을 갚지 못한 수만 채의 서민주택이 압류되는 초유의 사태가 벌어지기도 했다.

법원도 주정부나 시정부 차원에서의 임대료 상한선 설정과 같은 사회적 약자를 위한 입법 시도에 대해 건물주의 재산권 침해부터 먼저 보상하라는 판결이 당연시되던 때였다.

10년이 지나고 LA에 부임했을 때 또 한 번 놀랐다.

캘리포니아 주의회가 일정 부동산에 대해 연간 5% 이상의 임대료 인상을 금지하는 법안을 통과시킨 것이다. 2020년 1월부터 시행된 이 법은 건물주가 임대료 미지급 등 정당한 이유 없이 세입자를 강제 퇴거할 수 없도록 하는 조항도 포함하고 있다. 담당 영사를 통해 파악해보니 그 사이 이미 뉴욕·뉴저지·메릴랜드·워싱턴 DC 등 5개 주가 임대료 규제법을 제정, 시행 중이라고 했다.

수년 전에 근무했던 싱가포르는 한발 더 나아가 아예 토지 공개념 정책을 부동산 정책의 근간으로 삼고 있다. 모든 토지를 원칙적으로 국가 소유로 하되 개인이나 법인에게 30년에서 99년 동안 지상권만 인정하는 식이다. 그럼에도 불구하고, 싱가포르의 개방된 금융시장과 높은 시장 신뢰를 바탕으로 인근 동남아 국가 2,500만 명의 화교나 본토 중국인들은 싱가포르를 최상의 투자처로 간주한다.

우리나라도 국토가 비좁고 인구 밀도가 높은 점을 고려하면 특히 제주도와 같이 특정 지역부터 토지 공개념에 준하는 정책 도입을 서둘러야 할지 모른다.

토지나 부동산의 경우 외국인의 매입이 매년 늘어나는 곳은 싱가포르처럼 국가가 매입해 장기적인 지상 사용권만 인정한다든지 캐나다와 같이 외국 투자자에 대한 재산세나 양도세 추가 부담을 법제화하지 않으면 나중에는 소 잃고 외양간 고치기 격이 될 수도 있다.

일부 호화주택이나 고가 아파트 투기수요에 대해서도 미국이나 여타 유럽 선진국처럼 보유세율을 공시가가 아닌 시가 기준으로 1~3%로 현실화하고, 다주택자에게는 주택 가치를 합산해 높은 종부세와 양도세를 부과한다면 양적 금융완화로 인한 부동산 투기 열풍도 잦아들 것이다.

LA를 비롯한 미국 주요 도시에서는 보유세가 최소 1.2%에서 2%대에 이른다. 예를 들어 30억짜리 고가주택을 가지고 있으면 연 3,600만 원에서 6,000만 원 상당의 보유세를 내야 하고, 다주택에 대해서는 양도세 면제 혜택이 일절 주어지지 않는다.

예컨대 누구라도 할리우드에서 100억 원이 넘는 고가주택을 살 수 있지만, 여기에 뒤따르는 보유세와 높은 주택 관리비 등 최소 3억 원 상당의 금액을 부담할 수 있는 연봉 10억 원 이상의 고소득자가 아니면 결국 주택을 매물로 내놓아야 하는 것과 같은 이치다.

90년대 초 도쿄처럼 실질 경제성장이나 가계소득 상승 뒷받침 없는 부동산 가격 폭등은 일반 서민을 희생양으로 내몰게 된다. 부동산 버블은 국가 경제의 장기 침체와 가계부채의 덫을 매설하는 전주곡이 될 수 있다.

순회 영사와 순회 판사

LA 총영사관 관할 지역은 자그마치 한국 땅의 15배 크기다.

남가주를 비롯해 네바다, 애리조나, 뉴멕시코주가 서부 산악지대와 광활한 사막을 끼고 있어서다.

한인 거주자는 LA가 80만 명 샌프란시스코 총영사관 관할 지역인 캘리포니아 중부와 북부가 20만 명으로 이를 합치면 자그마치 100만 명에 달한다. 관할 지역이 넓고 한인 인구도 많다 보니 LA 총영사관 민원 처리 건수는 하루 평균 4백 건에 달한다.

혼인과 출생신고부터 여권과 비자발급, 국적 포기, 병역 연기, 현지 취직에 필요한 범죄경력유무증명서와 공인인증서 발급, 각종 계약서나 문서 공증에 이르기까지 총영사관 민원실은 그야말로 대한민국 정부 민원 업무의 종합 백화점이다.

과거에는 국내에 들어가서만 처리할 수 있었던 업무까지 통합 전자행정망 도입으로 해외에서도 편리하게 처리할 수 있게 됨에 따라 재외국민과 동포들의 편의가 크게 개선되었다. 하지만 문제는 우리나라 동사무소처럼 무한정으로 외국의 주요 도시마다 영사관이나 영사 사무소를 늘릴 수는 없다는 점이다.

멕시코와 같이 캘리포니아에만 영사관 열 개를 두고 있는 나라도 있다. 하지만, 이는 캘리포니아 주민의 3할가량인 1,200만 명이 멕시코계라는 역사적 배경과 이들이 멕시코 경제의 중요한 축을 이루고 있다는 점에서 기인하는 것으로 매우 예외적인 경우다.

그래서 다수의 재외국민이나 해외동포들이 단순한 영사 민원 때문에 2시간 이상 비행기를 타거나 하루종일 차를 몰고 LA까지 방문해 민원을 보는 경우가 많은데 이러한 수고를 덜어드리기 위한 차선책으로 영사관은 각 지역에 연중 순회 영사를 파견해오고 있다.

자동차로 한두 시간 거리인 오렌지카운티를 포함해 샌디에고, 라스베이거스, 피닉스, 뉴멕시코주에 이르기까지 매년 80여 회 이상 영사가 직접 현지를 방문해 '찾아가는 원스톱 민원서비스'를 제공하고 있는데 문제는 공관 인력이다.

순회 영사 업무를 담당하는 영사나 직원이 별도로 있는 게 아니다 보니 어쩔 수 없이 1층 영사민원실 인력에서 차출하게 되는데 그런 날에는 풍선효과처럼 영사관 민원실 업무가 인력 부족으로 속도를 내기 어려워 인파로 붐비고 각종 불편신고와 민원이 제기된다.

역사적으로 보면 순회 영사는 과거 로마시대부터 영사가 행정관으로서 각 지역을 순회하면서 간이 재판 등 사법권까지 행사한 데서 비롯된다.

이후 제도적으로 행정과 사법이 분리되고 현지를 순회하면서 지역적 특성과 전통을 이해하고 현지인의 법 인식에서 동떨어지지 않은 판결을 하려는 취지에서 별도로 순회 판사제도가 뿌리를 내리게 된다.

미국의 순회 판사제도도 이러한 배경에서 비롯된다. 식민지 시대에 영국이 최초 13개 주에 순회법원을 두면서부터다. 이후 미국이 독립을 선언하면서 13개 순회법원이 항소 사건을 다루는 연방법원으로 승격되고 일반 사건은 새로 생겨난 지방법원에 이관된다. 연방법원에 순회라는 의미의 단어 서킷circuit이 들어가 있는 것은 이런 연유다.

최근 국내에서 검경수사권 조정 문제가 주요 관심사로 떠오르고 있다.

미국에서도 대법관 임명을 둘러싼 정치권의 공방은 한 치 양보도 없이 치열하지만, 우리와 같이 수사 검사와 기소 검사 분리문제는 애당초 이슈가 되지 않는다. 검사가 수사권을 갖고 직접 수사에 나서는 경우가 거의 없어서다.

미국에서는 검사가 직접 수사에 관여하지 않고 경찰, 이민국, 세금과 금융사기, 공정거래, 특허, 마약 단속 등 해당 부서 수사관으로부터 수사결과를 제출받아 기소만 결정하는 식으로 수사 전담부서 역할과 검사의 역할이 나뉘어 있다.

즉, 연방 검사가 독자적으로 수사하거나 직접 수사 과정에 참여하지 않고 각 수사 전담기관으로부터 수사결과를 넘겨받아 기소만 판단하는 것이 관례로 되어있다.

예외적으로 LA시와 같이 지방 검찰청 차원에서는 특수검사국이라는 부서를 두어 가정폭력, 아동학대, 마약과 조직폭력배 수사에 검사가 직접 관여하는 경우가 있긴 하지만 그 범주가 극히 한정되어 있고 이 또한 선거에 의한 지방 검사장 선출이나 대배심원제 도입을 통해 사전에 검찰의 기소권 남용방지를 위한 제도적 장치를 두고 있다.

예컨대, 지난 1990년대 중반 전 세계 여론의 관심 속에 치러진 오 제이 심슨OJ Simson 재판 사례에서와 같이 검사가 배심원 전원을 설득해 만장일치 유죄를 이끌어내지 못하면 기소해도 결국 패소하게 된다.

배심원 재판의 특성상 검사가 배심원 한 사람 한 사람의 마음을 움직여 확신을 주지 못하고 자백에만 의존하려 들면 패소할 수밖에 없고 그만큼 기소 검사에게 유죄입증 책임이 뒤따른다.

요즘과 같은 IT 혁명시대에 순회 영사제도가 명맥을 유지하고 지역적 특성과 법 인식을 이해하고 존중하려는 순회 판사제도 취지가 기소 검사와 수사 검사 분리로 귀결된 것은 단순한 우연의 소산은 아닐 것이다.

미중 갈등과 LA 동포사회

코로나19 사태로 미중 관계가 새로운 냉전 관계로 전환되고 있다. 한중 관계 역시 크고 작은 이슈가 생길 때마다 새로운 국면에 접어들곤 한다. 경제 논리가 안보 논리에 종속되었던 과거와는 달리 중국의 부상은 우리에게 많은 외교적·전략적 고민을 안겨주고 있다.

이제 21세기 우리 외교의 성패는 한마디로 한미동맹과 한중 관계의 조화로운 발전이라는 고차 방정식을 어떻게 풀어나갈지에 달려있다고 해도 과언이 아니다.

실제로 이러한 고민은 수년 전 중국의 『환구시보』가 실시한 설문조사 결과를 통해서도 기우가 아니라는 것을 알 수 있다. 이 설문조사에서 중국 네티즌들은 한국을 압박해야 하느냐 끌어들여야 하느냐는 질문에 95%가 압박해야 한다고 답변했다. 한국의 배후에는 미국이 있어 중국의 이익과 조화를 이룰 수 없다는 이유에서다.

또한, 중국 국방대학 한 간부는 미 해군이 서해에서 대잠수함 훈련을 하는 것은 중국 국익에 대한 도전이라면서 공공연하게 서해에 대한 주권적 권리마저 시사하고 나섰다.

우리가 원하든 원하지 않든 지역적·세계적 차원에서의 미중 갈등은 이제 우리를 선택의 갈림길로 내몰고 있다. 그동안 한반도 평화와 동북아 질서는 미국의 패권적 균형에 의존해왔다고 볼 수 있다. 그런데 최근 들어 여기에 '북핵'이라는 변수까지 더해져 주변 강국들과의 함수가 복잡해지고 있다. 다시 말해 우리의 안보지형에 존재론적 질문을 던져주고 있는 것이다.

한편, 미중이 전염병 책임 공방을 놓고 갑론을박하며 5G와 AI 시대 주도권을 놓고 벌이고 있는 기술패권 경쟁은 80만 LA 동포 경제를 큰 수렁에 빠뜨렸다. 중국에 공장이 있거나 한중 양국에 생산 연결공정을 갖고 있는 동포기업에 이제 미중 갈등은 관세 추가 부담을 넘어 비즈니스 존폐 리스크로 다가오고 있다.

트럼프와 바이든이 맞붙은 미 대선을 앞두고 랜드 연구소의 한

연구원은 누가 대통령이 되는지에 상관없이 미중 갈등은 고착화될 것이라고 예단했다. 그 근거로 중국이 서방의 가치를 수렴하는 것이 아니라 비자발급과 유학생 입국 제한, 중국기업 투자 및 미국 내 상장 제한 등 기존의 중국 모델을 미국이 거꾸로 원용하고 있는 현실을 들었다. 미국 우선주의는 제로섬 게임의 중국 위협론으로 비화된 지 오래라는 얘기다.

이러한 가운데 뉴욕을 비롯해 LA, 샌프란시스코 등 미국의 주요 도시들이 셧다운을 선포하면서 불과 석 달 만에 실업률이 두 자릿수로 증가했다. 반면 재택근무가 늘어나면서 10%대에 머물던 미국 내 전자상거래 비중은 폭발적으로 늘어났다. 이런 추세로 전자상거래가 계속 늘어나면 대학에 수십 개의 아마존 학과라도 만들어야 할 판이다.

우리 동포 경제 역시 과거 중국 시장 일변도의 동반 성장 전략에서 벗어나 국내에 직·간접적인 비즈니스 망을 두고 동남아 지역을 전진기지로 활용하는 전략을 고민할 때가 되었다. 코로나 사태 이후의 세계는 각 분야에서 국제 협조주의가 퇴조하고 영국의 유럽연합 탈퇴인 브렉시트에서 출발한 자국 우선주의와 반이민 정서가 더욱 강화될 전망이다.

제품과 서비스 교역 면에서 볼 때도 우리 해외 동포기업들이 모국 U-턴을 통해 미중 갈등의 파고를 넘어서야 할 때다.

『간양록』

봄비가 지나고 나니
돌아가고픈 마음 더욱 간절하다.
언제 우리 집 담장 밑에서
심은 꽃 다시 볼 수 있으려나!

정유재란이 발생한 1597년, 영광 앞바다에서 일본에 포로로 잡혀간 강항이 자신의 수필집『간양록』에서 고향에 대한 그리움을 노래한 시다.

『간양록』에는 또한 고국으로 돌아가려는 조선인 포로들의 애절한 장면도 묘사되어 있다.

1596년 일본에 간 조선통신사 황신과 309명의 대표단이 도요토미 히데요시와의 화의 체결에 실패하고 곧 길을 떠난다는 소식을 듣고 달려온 조선인 포로들이 물이 무릎에 차오를 때까지 배를 부여잡고 따라오며 통곡하던 모습은 차마 눈 뜨고 볼 수 없는 광경이었다고 전하고 있다.

1600년 『선조실록』에도 대마도 종주 서신에 대한 회신 내용이 실려 있는데 이를 살펴보면 조선 조정은 '만일 포로가 된 남녀를 모두 찾아 돌려보내고 성의를 다해 속죄한다면 조선도 새롭게 개진할 길을 열어주고 상대할 것이다'라는 원칙론만 되풀이하고 있다.

오랫동안 조일 화의 교섭은 교착상태였다가 도요토미 히데요시가 죽고 도쿠가와 이에야스 막부가 열리면서 풀리게 된다. 1600년 9월 세키가하라 전투에서 승리를 거머쥔 도쿠가와 이에야스는 조선과의 새로운 관계 수립을 위해 통신사 파견을 요청하기에 이르는데, 오랜 조선과의 적대 관계를 청산하고 교역을 통한 정권 안정을 도모하기 위해서였다.

이에 1604년 유정 송운 대사가 파견되어 도쿠가와 부자를 만나고 이듬해 포로 3천 명을 인솔하고 돌아오는데 이는 조일 화평을 위한 시늉에 불과했다고 평가해도 지나치지 않다. 왜냐하면 3천 명이라는 숫자는 실제로 일본에 끌려간 조선인 포로의 5%에도

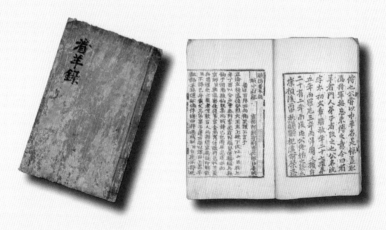

강항의 『간양록』. 사진 출처: 이뮤지엄

못 미치는 숫자다. 한마디로 교섭 실패였다.

오늘날과 같은 글로벌 시대에서 '어디에 사느냐'라는 문제는 거주 선택의 권리에 해당한다. 다시 말해, 『간양록』에서 애절하게 묘사된 조선 포로들의 소망처럼 세계 각지에 흩어져 있는 한인들을 모국에 데려오는 것은 전후 처리 문제가 아닌 이상 21세기에 더는 외교 교섭 사항이 아니다.

이처럼 우리의 동포 정책도 동포들이 모국으로 돌아오도록 하는 게 아니라 현지 사회에서 모범적인 구성원으로 잘 정착해 살아가도록 지원하는 방향으로 바뀐 지 오래다.

그럼에도 불구하고 동포들이 원하면 언제든 모국에 돌아올 수 있도록 문은 열려 있어야 한다. 이것이야말로 동포 정책의 대전제라는 사실은 두말할 나위 없다.

현재의 남북 분단이 영원할 수 없고 영원해서도 안 된다. 또한 통일신라와 발해의 역사에서 교훈을 얻을 수 있듯이 한쪽을 배제하거나 한쪽을 잃어버리는 일은 없어야 한다. 더 이상 반쪽 통합의 실수를 반복해서는 안 될 일이다.

영사 조력법 시행을 앞두고

'재외국민보호' 하면 대개 해외에서 사건·사고를 당한 우리 여행객에 대한 영사 조력만을 떠올린다. 하지만 실제는 이보다 더 많은 크고 작은 일들이 영사 조력을 기다리고 있다.

외국 교도소에 현지 법 위반이나 가해자로 수감되어 있는 우리 국민만 1,300명이나 된다. 또한 외국 공항에서 입국 거부되거나 비자발급 자체를 거부당하는 우리 국민도 매년 수만 명을 넘는다.

코로나19 사태로 인해 해외여행 중에 문제가 생기거나 귀국길이 갑자기 막혀 발을 동동 굴러야 했던 상황도 영사 조력의 필요성을 말해주는 대표적 사례 중 하나다.

정부가 각국 수도와 주요 도시에 대사관과 영사관을 두고 일반 외교 사무와 재외국민보호 업무를 관장하고 있는 이유도 바로 이 때문이다. 미국이나 영국 등 많은 서구 국가들이 외교부 홈페이지를 통해 일상적으로 영사 조력 범주에 해당하지 않은 사항을 사전 공지하고 있는 점이 눈에 띈다.

예컨대 영국은 국가별·지역별 여행경보를 발령해 해외 위험 상황을 자국민에게 알리고, 도난이나 분실, 개인 상해나 의료사고, 자동차 사고와 같이 개인과 관련된 일반 사건·사고에 대해서는 여행지에 따라 대비 요령을 안내한다. 다시 말해 유럽여행 시에는 유럽 건강보험 카드를 신청해 휴대하도록 안내하고, 유럽 밖을 여행할 때에는 개인 여행자 보험을 들도록 가이드한다.

즉, 개인이 해외여행 시 방문지역 위험 유형을 판단하도록 돕고 취할 안전조치가 무엇인지 안내하는 데 방점을 두고, 개인의 안전사고에 대해서는 사적 구제원칙을 명확히 적용하는 것이다. 이는 전쟁이나 내란, 대규모 자연재해로 재외국민을 긴급하게 대피·철수시켜야 하는 경우 또는 납치와 테러와 같은 긴박한 위해 상황이 발생할 경우를 우선시한다는 영사 조력 정책 방향과 일맥상통한다.

그동안 해외 우리 공관에서는 해외에서 발생하는 일반 사건·사고에 대한 영사 조력 범위를 명확히 구분하지 않은 채 그때그때

민원이 생기지 않도록 임기응변식으로 대응해온 것이 사실이다.

똑같은 개인적인 사고라도 국내에서보다 해외에서 더 국가 차원의 구제를 당연시하는 경향이 없지 않다 그런 탓에 영사 입장에서도 문제가 되지 않도록 면피성 영사 조력에 그치는 경우가 적지 않다는 얘기다.

이런 점에서 볼 때 해외에서 우리 국민을 보호하기 위한 영사 조력법이 국회에서 통과되어 2021년 1월 16일 시행된 것은 환영할 일이다.

영미법계 국가에서는 해외에서 발생하는 일반 사건·사고에 대한 영사 조력은 사정이 허락되는 한 제공되는 시혜적 조치로 간주하기 때문에 영사 조력법을 별도로 제정해 놓고 있지 않다.

오히려 정부나 영사 개인에 대한 책임 공방으로 이어질 수 있다는 생각에서다. 이는 국내에서 발생하는 일반 사건·사고에 대해 국가보호법을 둘 수 없다는 것과 같은 이치다.

하지만 우리의 경우는 오히려 영사법 시행으로 영사 조력의 구체적인 범위와 영사의 책무에 대한 명확한 기준이 마련되고, 개인의 안전 책무와 사적 구제원칙도 균형 있게 반영되는 일거양득의 호기가 될 수 있다.

이처럼 영사 조력이 가능한 분야와 그렇지 못한 분야를 사전에 명확히 해두고 재외국민보호 외교 체계를 업그레이드해 나간다면 매년 3천만 명에 달하는 우리 국민들의 해외여행이 더욱 안전하고 쾌적해질 것이다.

제미니호 선원 피랍

최근 들어 남중국해 항행의 자유가 화두다.

중국의 부상으로 기존의 역내 해양법 질서에 변화와 도전이 생겨나면서다.

자국민 보호라는 영사 조력의 관점에서도 바다는 주권국가에게 도전으로 다가온다. 아무리 과학기술이 발전한 21세기라도 공해상 선박사고는 여전히 국가의 긴급 구난 수단을 근본적으로 제약하기 때문이다.

신속한 외교 교섭을 통해 인근 국가의 선박이나 군함, 항공기까지 현장 투입해 내더라도 실제 자국민 구조로 이어지지 못하면 영사보호는 사실상 실패로 귀결된다.

단순한 해상 사고가 아닌 공해상 해적 사건은 두말할 나위가 없다.

수년 전 싱가포르 대사관에 부임했을 때 발생한 제미니호 선원 피랍 사건도 마찬가지였다. 사건 장소가 아프리카 해안 인근에서 발생한 데다 선박 소유 법인은 싱가포르 국적 회사였다. 더욱이 선박은 파나마에 편의 국적을 두고 있었고 선장과 기관사, 항해사 등 4명 이외에 일반 선원은 모두 외국적 선원들이었다.

이미 선박과 선원들이 피랍된 지 450일이 지나고 있었고 싱가포르 선사와 해적 간에 진행되는 교섭은 아무런 진전 없이 지리멸렬한 상태였다.

원인은 이미 해적과 선사 간에 1년 전 협상이 타결되었지만, 해적이 약속을 어기고 우리 국민 4명만 재차 납치해 버렸기 때문이었다. 선사 보험금으로 거액의 석방금을 챙긴 해적들이 야밤을 틈타 외국 선원만 피랍 선박에 남겨 두고 작은 쾌속정으로 우리 국민 4명을 다시 납치해서 소말리아 육지로 도주해버린 것이다.

해적 그룹 간에 의견 충돌이 일어나 불만을 품은 일부 세력이 비밀리에 일을 꾸몄다고 하는데 국내 가족 입장에서는 청천벽력과 같은 뉴스였다. 그렇다고 바다가 아닌 육지로 숨어든 해적들을 일거에 소탕해버릴 수도 없고 어쩔 수 없이 선사를 통해 아무런 진전 없이 2차 석방 교섭이 진행되고 있었던 것이다.

해적들은 1차 석방금을 챙기고 난 후 시간이 자기편이라고 생각하고 2차 석방금을 터무니없이 요구했다. 그것도 모자라 해외언론과 SNS를 통해 심리전을 벌이며 우리 선원들을 한 사람씩 죽이거나 손가락을 자르겠다고 협박과 공갈을 수시로 일삼았다.

협상 전술로서 대부분이 쉬는 주말 심야시간대에 통화를 약속해놓고 전화를 걸어오지 않거나 2시간 이상 기다리게 하는 것도 예사였다. 전화를 걸었다가 도청 등을 이유로 바로 끊는다든지 몇 주가 지나서 바뀐 번호로 연락하도록 메시지만 남기는 경우도 허다했다.

심지어는 현지 해경 당국 간부가 해적 그룹을 잘 안다고 하면서 돈을 얼마 송금해주면 문제를 해결해주겠다고 정직한 중재자를 자처하는가 하면 해적 스스로가 전임 중재자는 보스의 신임을 받지 못해 바뀌었다고 하면서 수시로 교섭 창구를 갈아치우는 전술로 일관했다.

다행히 피랍 570여 일 만에 구출 작전이 진행되어 피랍 선원 전원이 석방되었는데 그동안 해적과의 협상을 통한 선원 구출 작전은 그야말로 처음부터 끝까지 결과를 예단할 수 없는 살얼음판

군사작전을 방불케 했다. 공해상의 선박과 선원 납치가 그들에게는 해적 산업, 즉 일확천금의 비즈니스 이상도 이하도 아니었기 때문이었다.

해적들이 그 넓은 바다에서 무작정 기다렸다가 납치 기도에 나서는 것이 아니라 대부분 뇌물을 주고 특정 선박이 언제 어디를 지나갈지 항행 정보를 빼내거나 정보원을 두어 선박 수리나 항만 출항 정보를 미리 입수해 시도하는 것이었다. 마치 해적 산업 생태계가 바다에 내재해 있는 것과 같은 이치였다.

실제로도 해적 그룹 내에는 사전 정보팀, 납치 실행팀, 피랍선원 취사 및 경비팀, 대외 협상팀, 대언론팀 등이 사전에 조직되어 있고 실제 최고 보스는 가명을 쓰는 데다 전혀 다른 위치에서 재정적 부담을 하면서 지시만 하는 경우가 많아 전모를 파악하기가 거의 불가능했다.

전에 케냐에 근무한 적 있는 싱가포르 미국공사는 아프리카 해안 해적 퇴치 지역담당관으로서 고충을 이렇게 이야기했다. 미국이 단독 또는 현지 당국과 합동으로 작전을 펼쳐 해적을 어렵게 포획해도 결국 자국민이 연루된 현행범이 아니면 대부분 해적의 신병 인수와 처벌을 꺼리는데, 그럴 경우 그냥 풀어줄 수도 없어서 미국 본토로 보내는 경우가 늘어나는데 이런 상황이 반복되면 미국 본부로서도 엄청난 부담이어서 달가워하지 않는다는 게 요지였다.

해적 퇴치를 위한 국제공조가 얼마나 어려운 일인지 단적으로 보여주는 사례지만, 우리 해군이 2009년 이래 국회 동의를 거쳐 소말리아 아덴만 인근에 청해 부대를 파견해오고 있는 것은 이 점에서 매우 높이 평가할만한 일이다.

해적 퇴치와 해양안보 작전 참가는 단순히 손익을 따지거나 당장의 효용 면에서만 평가할 것이 아니라 중견국인 우리나라에게 주어진 책무이자 아덴만을 통과하는 우리나라의 선박 보호라는 측면에서 매우 긴요한 일로 다뤄져야 한다.

해적 피랍 사건 대응에 있어 정부가 해적과의 직접 교섭 불가 원칙을 고수하면서 해적 퇴치를 위한 국제적 공조를 강화해 나가는 것이야말로 바다의 도전을 이겨내는 유일한 대안이라는 얘기다.

800만 달러의 무게

남북 분단은 우리 전후 세대가 의도한 것이 아니다.

구한말 우물 안 개구리처럼 중화 세계관에 갇혀 우물 밖 세상을 외면하다가 일제 식민지로 전락한 것에서 기인한다.

전후 세대는 어떤가?

조상 탓만 일삼는 것은 아닐까? 역사적 유물이 된 냉전적·이분법적 사고에 갇혀 구한말의 실수를 되풀이하고 있는 것은 아닐까? 두 동강 난 한반도라는 우물 안에서 어느 쪽에 산소가 많은지 집안싸움에 골몰하다가 수온 상승으로 모두 공멸하는 우를 범해서는 안 될 일인데도 말이다.

LA 총영사관이 연세대 김기정 교수를 초빙해 세계문제연구소와 공동으로 한반도 평화프로세스에 대한 강연회를 가진 적이 있다. 이 자리에서 공동 주최자인 메스만 부소장에게 독일 통일 당시의 동독과 현재의 북한 간에 어떠한 차이점 있는지를 물었더니 동독에서 어린 시절을 보낸 그에게서 뜻밖의 대답이 돌아왔다.

　　"2015년 부소장 자격으로 방북했을 때 목도한 북한의 실상은 상상 이상으로 비참했습니다. 그런데 70~80년대 동독 상황 역시 마찬가지였지요. 사상 검열과 경제적 곤궁, 여행의 자유 박탈 등 결코 현 북한 상황보다 낫지는 않았어요. 베를린 장벽 붕괴는 역사적 우연이었다고 봅니다. 첫 단추는 동독의 '라이프치히Leipzig'라는 자그만 도시에서 시작되었어요"

　　라이프치히는 바흐와 멘델스존의 숨결이 배어있는 음악의 도시다. 괴테가 사랑했던 그야말로 예술의 도시로 이름난 곳이기도 하다.

　　"당시 구소련의 지령에도 불구하고 동독 당국이 라이프치히에서 발생한 반정부 평화시위를 진압하지 않고 묵인한 데서 비롯되었지요. 이처럼 시위 묵인 사실이 서독 라디오 방송 등을 통해 알려지면서 순식간에 시위가 전국으로 확산되었어요. 결국 동독 정부가 시위대의 '여행의 자유' 요구를 수용하게 되면서 하루아침에 장벽이 열려버리게 된 셈이지요. 그런데 당시 동서독과 현재의 남북한이 다른 것이 딱 두 가지 있습니다. 첫 번째는 동서독에 떨어져 살던 이산가족들이 소액의 개인 송금과 서신 왕래를 할 수 있었고, 두 번째는 보수정권이냐 진보정권이냐에 상관없이 의약품 등 인도적 지원이 중단 없이 시행되었다는 점이지요"

그의 말은 우리의 현실을 돌아보게 했다. 한 예로 문재인 정부는 출범 초기 국제기구를 통해 북한에 800만 달러의 인도 지원을 하기로 방침을 정해놓았었다. 그런데도 2년이란 시간이 걸려서야 우여곡절 끝에 겨우 예산이 집행되었다.

이런 점에서 볼 때 30여 년 전의 동서독과 현재의 남북한은 너무 대조적이다. 직접적인 현금 지원도 아니고 유니세프와 세계식량계획을 통한 국제기구 지원인데도 국내 정치적 고려의 대상이 되는 현실은 실로 안타깝기 그지없다.

LA 동포사회는 매년 정부로부터 예산을 지원받는다.

LA 총영사관이 관할하는 4개 주인 남가주, 네바다, 뉴멕시코, 애리조나에서만 매년 500만 달러 상당의 정부 예산이 교부금으로 쓰이고 있다. 여기에 오래전 정부와 동포사회 모금으로 구입해 운영하고 있는 한인회와 교육원 건물, 민간 비영리법인 차원에서 구입해 운영되는 건물 등 동포사회 자산에서 생기는 수익금까지 합치면 LA 동포사회 지원 예산은 대북 인도지원액 800만 달러를 훌쩍 넘는다.

이곳 LA 동포사회의 가계소득은 서울 강남구보다 높다. 그럼에도 정부는 차세대 뿌리 교육과 동포단체 육성을 위해 지원을 아끼지 않고 있다. 딸을 시집보낸 부모의 마음처럼 어디에서 어떤 나라 사람으로 살아가더라도 한인으로서의 정체성을 잊지 않고 잘 살아가도록 하는 바람에서다.

북한의 영유아나 임산부 등에 대한 인도적 지원 역시 한반도 평화나 통일을 논하기 전에 매년 2억 불 이상을 쓰고 있는 개도국 원조 차원에서 접근하면 안 될까?

국제기구를 통한 인도적 지원은 물론이고 남북 간 직접 지원도 지속해서 검토해야 한다는 K 신문 사설이 유달리 크게 시야에 들어왔다.

할리우드 안방 등극

아카데미상을 휩쓴 영화 「기생충」으로 미국도 난리다.

뉴욕에 월가가 있다면 LA에는 할리우드가 있다. 할리우드는 이곳 LA의 자부심이다. 할리우드는 미 서부지역의 개방성과 창의성을 상징한다. 19세기 중반 캘리포니아 금광 러시에서 시작된 탐욕과 모험적 자본주의, 기발한 아이디어와 창의성은 탁 트인 광야와 신비로운 대자연의 산물이기도 하다.

오랜 역사와 전통을 지닌 할리우드 중심에 봉준호 감독의 영화 「기생충」이 등극했다. 아카데미상을 선정하는 8,500명의 회원이 대부분 미국 영화와 문화계 인사라는 점을 감안하면 실로 믿기지 않는 일이다.

K-POP으로 대표되는 한국 음악은 2012년 싸이의 「강남스타일」로 미국 진출에 성공했다. 또 같은 해 LA에서 처음 시작한 K-CON은 2019년 8월, 불과 이틀 동안 한류 팬이 9만 5,000명이나 집결하는 대성황을 이뤘다. 같은 해 LA 공연을 시작으로 대장정에 오른 BTS의 북미지역 투어도 총 15회에 걸쳐 개최되었는데 공연 때마다 무려 22만 명에 달하는 한류 팬이 운집하는 등 열풍은 식을 줄 몰랐다.

영화 부문에서도 놀랄만한 기록을 세우고 있다.

2017년 개봉된 「택시운전사」, 「군함도」, 「특별시민」 등을 비롯한 한국영화가 매년 40여 편가량 미 극장가에서 상영되고 「수상한 그녀」, 「굿 닥터」 등 많은 히트 작품들이 할리우드 영화나 TV 드라마 시리즈로 리메이크되어 미국 안방까지 속속 파고들고 있다.

바둑의 명인 조훈현 국수는 『조훈현, 고수의 생각법』이라는 저서에서 바둑은 패턴과 형태를 부수고 자기 길을 찾아 나서는 외로운 여정이며, 어렸을 때 일본 유학에서도 세고에 스승으로부터 해답이 아니라 창의성의 원천, 즉 생각하는 힘을 배웠다고 소회를 밝히고 있다.

영화도 마찬가지가 아닐까?

봉준호 감독의 영화 「기생충」이 2019년 한국영화 100년 역사상 최초로 칸영화제 황금종려상을 받은 데 이어, 2020년 2월 10일 오전(한국 시각) 미국 LA 돌비극장에서 열린 제92회 아카데미 시상식에서 최우수작품상, 감독상, 각본상, 국제장편극영화상 등 총 4개 부문을 수상하는 대성과를 올렸다.

92년 아카데미 역사상 외국어 영화가 작품상을 받은 것은 「기생충」이 처음이다. 시상식 가장 마지막 순서로 발표된 최우수작품상 부문에서 「기생충」이 호명되자 시상식장 분위기는 뜨겁게 달아올랐다. LA 현지 교민들의 마음도 뜨거운 감동으로 물결쳤다. 봉준호 감독은 영화를 배울 때 마틴 스코세이지 감독의 '가장 개인적인 것이 가장 창의적'이라는 말을 가슴속 깊이 새겼다고 수상 소감을 밝혔다.

한국영화가 세계 영화사를 새로 써낸 역사적 순간이었다. 봉준호 감독은 영화 작품에서 품어내기 어려운 사회적 정의를 주제로 금자탑을 쌓아 올렸다.

가장 개인적이고 한국적인 방식으로 할리우드 안방에 등극한 것이다.

에필로그

LA 동포사회를 위한 기도

20년 전 미얀마에서 영사로 근무하던 중 사랑하는 어머니를 여의었습니다.

출판을 준비하던 어느 날 컬처플러스 강민철 대표가 80만 LA 동포들에게 드리는 편지가 책 뒷부분에 들어가면 좋겠다고 해서 며칠을 고민하던 중에 오래된 노트에서 이때 쓴 「어머니를 위한 기도」라는 시를 찾았습니다. 이 시는 어머니를 하늘나라로 보내고 쓴 불효자의 고백입니다.

2020년 봄 또 다른 어머니가 세상을 떠났습니다.

부산에서 태어난 장모님은 배구 감독이던 장인을 따라 태평양 너머 페루라는 나라에 가서 45년을 사시다가 이곳에서 생을 마감하셨습니다. 장모님 일기에서도 어릴 적 살던 곳을 그리워하는 해외동포의 마음을 담은 시 한 줄을 발견했습니다.

하늘이 나를 불러주면 구름 속 꽃이 되어 가고 싶다. 비가
내려와 나를 적셔주면 고향 가는 길이 되길 기도한다.

두 어머니를 위한 저의 기도를 이제 모국을 그리워하는 LA 동포
사회를 위한 기도로 바칩니다.

어머니를 위한 기도

I
이른 새벽잠에서 깨었지요.
당신의 모습이 온통 방 안에 충만하여
재차 잠을 청할 수 없었습니다.

큰골, 서편 너머, 도독골…
아직도 당신의 체취, 향 내음 가득할
고향 땅 밭두렁이 떠오릅니다.

여동이 트기 전에
신명처럼 달려가
가꾸고 일구시던 조그마한 비탈길 언덕 땅…

5남매의 어미로서
운명처럼 흙 내음을 사랑해야 했던
당신의 모습이
감동 하나 되어 다가옵니다.

당신은 언제나
흘러넘치는 사랑의 샘물입니다.

II
어머니
내 사랑하는 우리 어머니

고향 땅 신작로의 코스모스처럼
무욕의 청정한 삶을 사시다가
머언 하늘나라로 홀홀 떠나가신 우리 어머니

인왕산 처마 밑의 차디찬 병실에서
억지로 억지로 보내드린 그 순간까지도
몽매한 저희는 깨닫지 못하였지요.

당신이 걷다 걷다가
멈추신 그 길목에 서서

어리석은 막내는 오늘도 방황하고 있습니다.
어이해야 하는 겁니까?
고동쳐오는 당신을 향한 그리움은
터질 듯이 미어드는 데…

III
당신은 무언으로 말씀하셨지요.
어미 된 자의 법도
자식 된 자의 도리
뭇 인간들이 걸어야 할 正道 말입니다.

오래전 사막 속에 묻혀버린
옛 성현들의 얘기가 아닙니다.

당신께서 몸소 걷다가
때로는 힘들어하고 때로는 자위하면서
그래도 쉬지 않고 계속하던
아직도 이 대지 위에 살아 숨 쉬는
당신의 여정, 당신의 숨결 말입니다.

무욕, 사랑, 구도…
당신의 우아한 연초록 저고리 영정
잎새 잎새마다 피어나는
아름다운 서사시입니다.

IV
때로는
산다는 것의 의미가
희미해질 때가 있습니다.
세상의 잣대로
남들보다 덜 이룬 삶이기 때문은 아닙니다.

한 가정의 가장으로서
왜곡된 사회의 양심적 행동가로서
삶의 무게 때문만도 아닙니다.
여태껏 내 육신을 지탱해 준 삶의 목표가
갑자기 무의미해졌기 때문은 더더욱 아닙니다.

그냥 막연히
산다는 것의 의미가 희미해질 때면
난 당신을 생각합니다.

V
당신이 떠나가신 오늘에야
당신이 가신 그 길이
더 이상 두렵지 않게 된 오늘에야
삶은 죽음의 극대화요
죽음은 삶의 극소화에 불과하다는 평범한 진리가
가슴을 여미어 옵니다.

극소화된 당신의 삶이

더 이상 영원한 죽음이 아님을 깨닫게 된
오늘에야
동일 선상에 공존하는 생과 사의 수많은 점선들이
결국 우리 삶의 일부임을 깨닫게 된
오늘에야
당신께서 걷다 가신 그 길의 의미가
몽매한 막내의 가슴에
성난 파도처럼 파고듭니다.

VI
왠지 잠 못 이루는 밤이 오면
당신의 목소리가 듣고 싶습니다.

어디선가 금방이라도 들려올 것만 같은
당신의 정겨운 목소리가
이내 마음을 설레게 합니다.

언제나 내 곁에 있었고
부를 때면 언제까지나
그 모습 그 자리에 지켜봐 주실 줄 알았던 당신
당신이 떠나가신 그 빈자리가
아픔 되어 다가올 때면
막내는 다시금 당신의 어린 동자가 되고 맙니다.
오늘은 당신의 그 정겨운 목소리가
듣고 싶습니다.

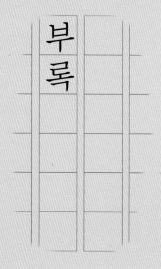

부
록

사진 제공: 독립기념관

대한인국민회 유물

대한인국민회 총회관 건물의 역사적 고증 작업과 복원공사를 하던 중 지붕 모퉁이에서 이민 초기 총 6,700여 점에 달하는 귀중한 유물이 1세기 만에 밀봉된 채 고스란히 발견됐다.

미주 동포사회는 유물이 미주 한인 이민사의 일부로 캘리포니아에 남아 있길 원했다. 발견된 지 17년 동안이나 동포사회가 두 쪽으로 갈라져 법적 공방이 계속되는 사이 상당수 유물이 산소에 노출되어 부식이 가속화되어 갔다. 그러나 독립운동의 귀중한 사료가 더 이상 부식되어서는 안 된다는 역사적 소명의식으로 2019년 9월 4일, 4인위원회와 독립기념관 사이에 역사적 합의가 이루어졌다.

사상 유례없는 대국적 결단을 내려주신 독립기념관 이준식 관장님과 권영신 대한인국민회기념재단 이사장, 최형호 나성교회 장로, 정영조 흥사단 미주위원부 위원장, 변홍진 선데이저널 편집국장 등 4인위원회 위원께 감사드린다. 합의 문안 작성에 애써주신 서동성 변호사, 귀중한 사료의 전자 문서화를 위해 심혈을 기울여주신 남가주대학 켄 클라인 도서관장과 조이 김 교수님께도 심심한 사의를 표한다.

이 자료들은 과거 미주 한인 사회와 미주 독립운동의 역사를 보여주는 귀중한 자료로 평가 받고 있다. 2019년 11월 대여형식으로 독립기념관에 이관된 자료 중 81건을 독립기념관은 '다락방 유물, 다시 빛을 보다'라는 주제로 2020년 8월 15일부터 11월 22일까지 특별 공개 전시회를 통해 국민에게 선보였다. 이 책에서는 그중 주요 자료를 간추려 싣는다.

태극기

대한인국민회에서 사용한 것으로 보이는 태극기. 현재의 태
극기와 비교했을 때 모양과 색깔이 달라 1948년 이전에 제
작·사용된 것으로 추정하고 있다.

관허장

미국 캘리포니아 주정부에서 대한인국민회 북미지방총회를
사단법인으로 허가한다는 내용의 관허장이다.

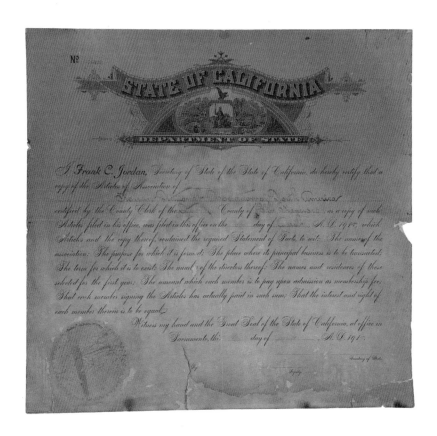

대한인국민회 독립선언서

대한인국민회 중앙총회에서

인쇄 동판을 이용해 제작한 독립선언서이다.

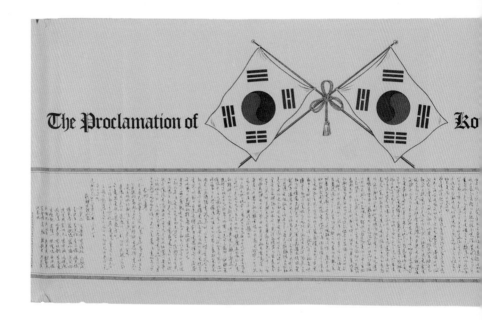

대한인국민회헌장(大韓人國民會憲章)

1936년 개정된 대한인국민회헌장이다. 대한인국민회는 헌장을 통해 조직의 설립목적이 동포의 복리 증진과 조국의 독립달성에 있음을 분명히 했다.

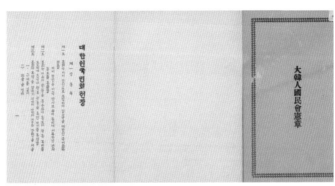

대한인국민회 입회증서

양식에 국한문과 영문으로 성별, 연령, 성명, 직업 등의 인적 사항을 기재하도록 했다. 대한인국민회 회원은 의무금을 납부해야 하며, 헌장과 규정을 준수해야 했다.

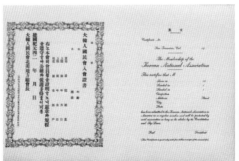

홍언의 여행권

대한인국민회 중앙총회에서 발급한 홍언의 여행권이다. 샌프란시스코를 출발해 멕시코로 이동하기 위해 발급받은 것으로 홍언은 『신한민보』 주필, 대한인국민회 화교위원 등을 역임했다.

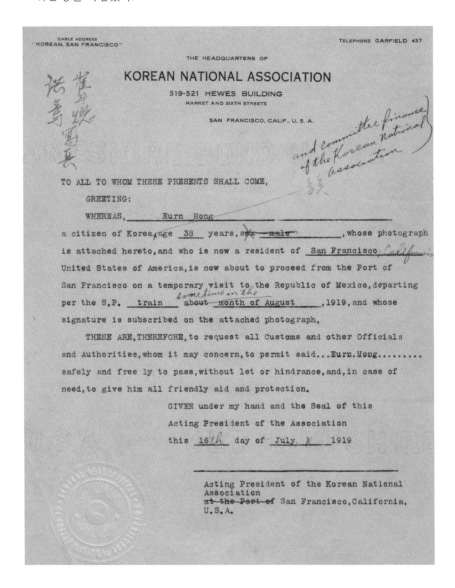

장인환과 전명운

샌프란시스코 페리 부두에서 "일제식민통치는 조선인 모두가 바라는 것"이라는 망언을 일삼은 대한제국의 '친일파' 외교고문 스티븐스를 저격한 독립투사로 미주 독립운동의 횃불을 드높였다.

장인환(우)

전명운

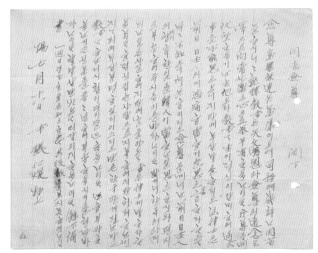

장인환이 동지들에게 보낸 옥중 편지

안창호 추도식 관련 보고

안창호가 1938년 3월 10일 서거하자 쿠바 카르데나스 지방에서 추도식을 개최한 사실을 중앙상무부로 보고한 문서이다. 카르데나스 지방회 회원들이 함께 슬픔을 나누었다는 내용을 전하고 있다.

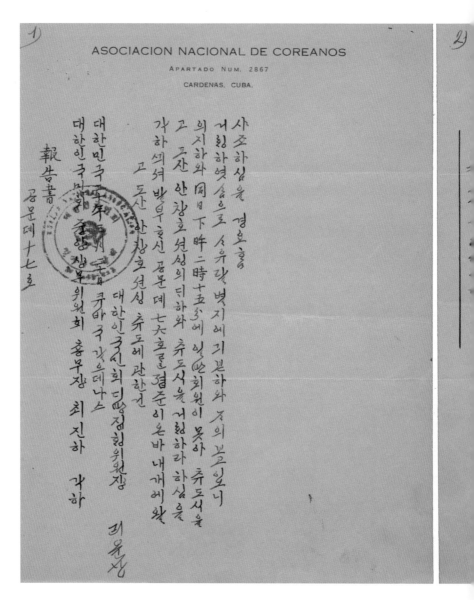

대한인국민회 수전위원 임시영수증

대한인국민회 중앙총회 파출소에서 발행한 것으로 각 지방회를 다니며 '21례금'을 걷었던 수전위원들이 사용한 임시영수증이다. '21례금'은 한 달 수입의 20분의 1에 해당하는 금액으로 독립운동을 지원하기 위한 기부금이다.

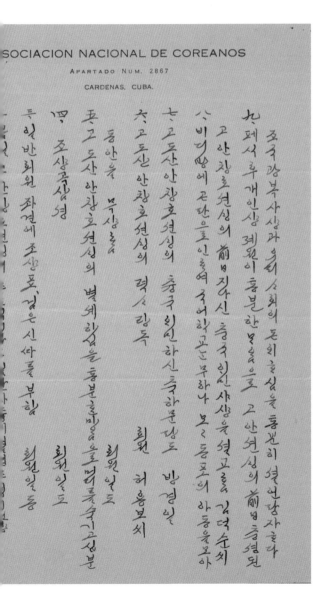

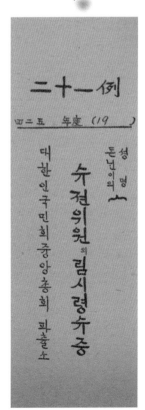

대한여자애국단 회원명부 및 독립자금 납부자 명단

대한여자애국단에서 작성한 회원명부와 독립금 납부자 명단이다. 대한여자
애국단은 1919년 캘리포니아에서 설립된 여성 독립운동단체다.

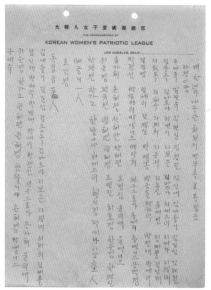
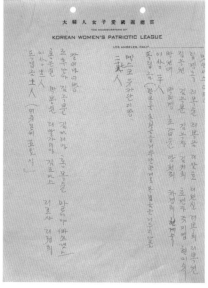
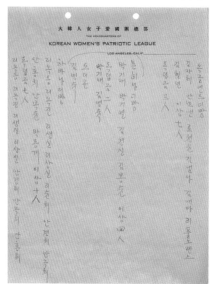
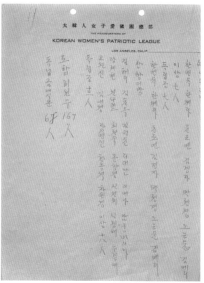

독립의연금 영수증

대한인국민회 중앙총회가 발행한 독립의연금 영수증이다. 하단에 금액을 적는 란이 있고 "대한독립선언의 비상한 시기에 在하야 특별의원으로 正히 영수함"이라고 쓰여있다.

대한인국민회 중앙총회 인구등록 명부

재미동포인구등록이라는 제목 아래 성명, 연령, 직업, 가족, 원적 등을 적는 칸이 있다. 명부를 들여다 보면 22세 강 모씨의 직업은 노동이라고 적혀있다.

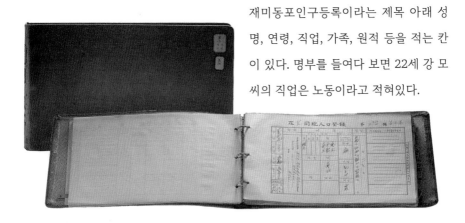

『국민독본』

대한인국민회가 미주 한인 아동들
에게 한글을 가르치려 1909년 2월
발행한 초등 국어 교과서

『초등 국민독습』

대한인국민회에서 편찬한 초등 국
어교과서. 한글과 한자에 익숙하지
않은 한인 2세들이 『국민독본』을 사
용하기에 어렵다는 의견에 따라 새
롭게 제작된 교과서

『양의사합전』

헤이그 특사로 파견되었던 이상설
이 스티븐스를 척살한 장인환·전명
운 두 의사의 업적을 기록한 책

『한국경제사』

대한인국민회 중앙총회 부회장 등
을 역임한 백일규가 1920년 2·8 독
립선언 1주년에 맞춰 발행한 책

독립선언의 포고

대한인국민회 중앙총회장 안창호 명의로 발행한 포고문이다. 1919년 3월 1일 선언한 독립선언서와 공약 3장을 대한인국민회도 함께 선언·결의했음을 선포하고, 민족대표 33인은 대한인국민회의 대표임을 공포한다는 내용이다. 하단에는 태극문양이 들어간 대한인국민회 중앙총회 압인이 찍혀있다. 이 문서는 각 지방회로 전송되었다.

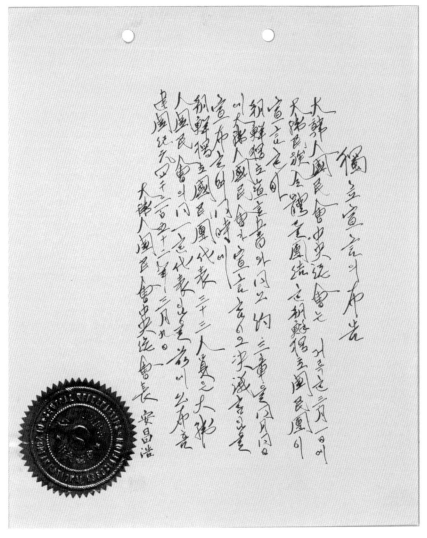

애국금 수합에 관한 공문

대한민국 임시정부 재무총장 최재형이 대한인국민회 중앙총회장 대리 백일규에게
보낸 애국금 수합에 관한 공문이다. 임시정부는 각지에 수합 위원을 보내 애국금을
수금했는데 미주지역은 거리와 교통상 문제가 있어 시일이 걸리므로 애국금 수합,
인구세 징세사무를 대한인국민회에 위임한다는 내용이다.

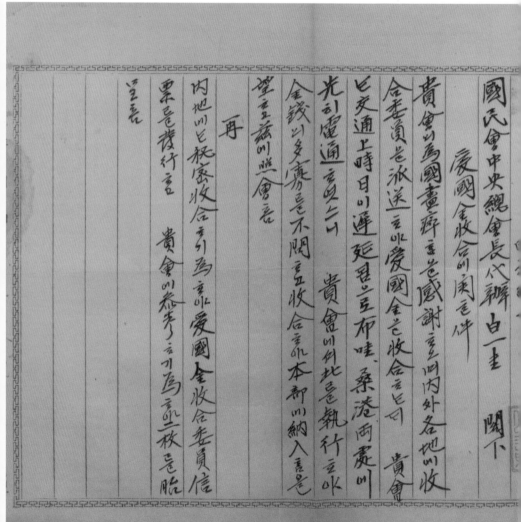

리버사이드 지방회에서 보낸 독립의연금(명단)

허승원 $ 50, 허승원 부인 $ 20 등 17명의 이름과 액수가 자세히 적혀있다.
명단을 자세히 살펴보면 한 가족이 모두 성금에 동참한 모습도 엿볼 수 있다.

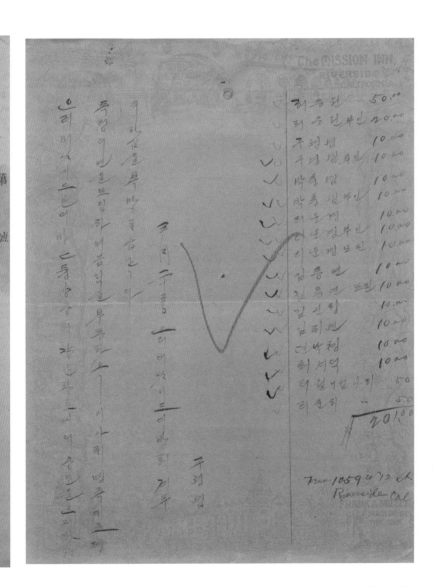

클레어몬트 학생양성소 교사들과 함께한 안창호(1915~1916년경)

이 사진은 안창호가 독립운동을 했던 동지들과 함께 촬영한 것이다. 앞줄 왼쪽부터 김하경(Carl Kim), 윤필권, 오림하, 가운데 길천우(길진형), 곽림대, 임초, 뒷줄 정명원, 이대위, 안창호 ••➤

대한인국민회
낙성식 기념사진
(1938. 4. 17.)

"네가 꽃을 사랑하느냐, 하거든 뿌리를 심으라"